KB003977

공릉역 2번 출구, 그곳에서
별을 보다

공릉역 2번 출구,
그곳에서 별을 보다

ⓒ홍영준 2022

초판 1쇄 발행 2022년 2월 3일

지은이   홍영준

펴낸곳   도서출판 가쎄 [제 302-2005-00062호]
주소   서울 용산구 이촌로 224, 609
전화   070. 7553. 1783
팩스   02. 749. 6911
ISBN   979-11-91192-40-7   03810

값   15,000원

홈페이지 www.gasse.co.kr
이메일   berlin@gasse.co.kr

이 책의 판권은 저자와 도서출판 가쎄에 있습니다.
이 책 내용의 전부 또는 일부를 재사용하려면 반드시
양측의 서면동의를 받아야 합니다.

공릉역 2번 출구,
그곳에서 별을 보다

홍영준 에세이

gasse•가쎄

차례

공릉역 2번 출구, 그곳에서 별을 보다

마징가제트를 그리며

오래전 나라에서 원자력 에너지를 연구할 목적으로 '원자력연구소'를 만들고는 내친김에 병원까지 하나 지었다. 원자력 정책을 주도하는 분들은 늘 원자력의 평화적 이용을 강조하고 싶어 하기에, 암 치료에 방사선을 이용하는 것도 그런 목적에 잘 부합된다고 본 것 같다. 엄밀히는 '방사선의학' 전문 의료기관이지만, 그냥 부설 병원 이름에도 돌림자처럼 '원자력'을 가져다 붙인 게 '원자력병원'이란 생뚱맞은 이름이 탄생한 배경이다.

원자력이건 방사선이건 일반인들에게는 어째 좀 으스스하고 위험한 느낌을 주다 보니 그간 우리 병원은 이름

때문에 오해를 꽤 받았다. 병원에서 무슨 작은 공사라도 할라치면 대번에 방사선 새 나오니 당장 중단하란 현수막이 인근 아파트에 내걸리곤 했다. 원자력병원은 원자력발전소가 아니라고 아무리 강변해 봐야 의심만 더 사는 지경에 이를 즈음 정말로 불에 기름을 끼얹는 사건이 발생했다.

누군가 방사성 동위원소가 보관된 병원 지하 저장고의 자물쇠를 쇠톱으로 절단한 뒤 자궁암과 구강암 치료에 사용하는 세슘과 이리듐을 다량 훔쳐 간 것이다. 즉각 경찰이 출동해 며칠간의 호들갑스러운 수사 끝에 범인을 잡았는데 놀랍게도 그는 우리 병원 레지던트였다. 변심한 내연녀를 아무도 모르게 없애버릴 목적으로 여성 소유 차량의 운전석과 트렁크에 훔친 방사성 동위원소를 몰래 넣어 두었다고 한다. 물론 결과적으로는 범인도 여성도 다친 곳 없이 멀쩡했지만 연일 이어지는 선정적인 언론 보도 덕에 국민들은 원자력병원에 무슨 테러용 방사선 무기 따위가 보관되어 있을지 모른다는 괴이한 상상을 했을 법하다.

이 방사성 동위원소 치정극이 벌어졌던 때가 음울한

세기말이었고 마침내 21세기가 밝았으니 사람들이 이성을 되찾았을 것으로 생각했다. 원자력병원은 결코 건물에서 방사선이 뿜어져 나오거나 살상 무기가 있는 위험한 곳이 아니라, '사이버 나이프' 같은 최첨단 방사선 의료장비를 갖춘 암 치료기관임을 다들 알게 되었으리라 굳게 믿었는데 또 이상한 일이 벌어졌다.

후쿠시마 원자력발전소 사고가 난 지 얼마 되지 않았을 무렵 이웃 나라 재난이 혹시 자녀들 건강에 영향을 미치지 않을까 염려하는 우리나라 주부들이 아이들 안전을 체크하는 인터넷 카페를 개설했다. 이들은 고가의 휴대용 방사능 측정기를 사서 애들 등하굣길을 일일이 검사하고 다녔는데 하필 우리 병원 인근인 노원구 월계동의 한 주택가 아스팔트에서 평균치의 20배가 넘는 방사능이 검출되었다. 언론에 크게 보도됐고 노원구는 즉각 거기 아스팔트를 갈아엎었다.

소동이 일단락되어 갈 즈음 그 카페 운영자가 라디오 시사프로그램에 나와 근거도 없이 이상한 말을 했다. 과거 원자력병원에서 건물을 해체할 때 방사능 물질이 나왔다가 그게 다시 아스팔트 원료에 섞여 들어간 것 같다고 일갈해버린 것이다. 새천년의 빛으로 잠시 계몽되었던 동네 주민들이 다시 무지몽매한 방사선 괴담에 빠져드는 데는 별로 시간이 걸리지 않았다.

일반인들의 이런 갖가지 오해와 비이성적 염려에도 불구하고 원자력병원은 글로벌 방사선의학 전문기관이며 전통의 국민 암센터로서, 묵묵히 국가로부터 부여받은 소임을 다해왔다. 하지만 이른바 '탈원전 정책' 때문에 다시 또 본의 아니게 정치적 격랑에 휘말릴지 모른다는 불안감이 든다. 농반진반으로 주변에서는 이참에 아예 '탈원전병원'이나 '비핵화병원'으로 이름을 바꾸면 어떻겠냐는 소리까지 한다. 당혹스러운 이 대목에서 나는 뜬금없이 어린 시절 흑백 TV로 즐겨보던 마징가제트 만화가 생각난다.

뭇 소년들의 갈채를 한 몸에 받던 로봇 영웅, 우리의 '기운 센 천하장사'가 선보이던 다양한 전투 초식 가운데는 두 눈에서 뿜어대던 무시무시한 광선이 있었으니, 이름하여 '광자력 빔'이다. 어느 날 '광자력'이 무엇인지 궁금해진 나는 한참 동안 인터넷을 뒤져보았다. 후지산 깊은 골짜기에서 발견한 특수 동위원소를 정제하면 '초합금 제트'

라는 엄청난 강도의 금속을 만들 수 있는데 이 초합금 제트가 바로 마징가제트의 몸을 구성하는 주성분이며 이걸 원료 삼아 '광자력'을 발생시킨다고 되어있었다. 환경오염이나 인체에 미치는 악영향을 전혀 걱정할 필요가 없는 궁극의 청정에너지, 광자력!

병원 직원들이 동의하지 않겠지만 나는 이따금 원자력 병원 이름을 광자력병원으로 바꾸는 상상을 한다. 허무맹랑해 보여도, 마징가제트로 형상화되는 광자력에는 '정치' 대신 '정의'가 있고 '괴담' 대신 '꿈과 희망'이 있다. 핵분열 원자력발전소가 국론까지 분열시키는 지경이지만, 평화를 수호하는 마징가제트와 그 힘의 원천인 광자력은 악의 무리와 싸우는 사람들의 마음을 하나로 통합시킨다. 이름은 못 바꾸더라도 최전선에서 암과 끝까지 싸우고 있는 우리 원자력병원이 앞으로도 내내 순수하고 우직하게 마징가제트 같은 역할을 했으면 좋겠다.

다시 만난 '싸이코' 소녀

대학생인 딸아이가 모처럼 인터넷에서 마음에 드는 글을 찾았다며 내게 노트북 화면을 쓱 보여 주었다. 한 의대생이 임상 실습을 하면서 경험했던 일이라고 한다. 혹시 아빠에게도 그 비슷한 에피소드가 있지 않을까 살짝 궁금해하는 눈치였다.

"벌써 세월이 꽤 흘렀군요. 그때 전 의대 본과 3학년 학생으로 정신과 실습을 돌고 있었습니다. 어느 병원이나 정신과 입원실은 병동 입구를 완전히 봉쇄하고 안쪽으로는 널찍한 공간을 마련해 놓는 폐쇄 병동 시스템으로 운영합니다."

이렇게 시작하는 글은 당시 그 의대생이 배정받았던, 조금 특별한 환자의 이야기로 이어졌다. 귀여운 외모의 여고생 환자는 말투가 아주 독특했단다. '시어'를 연상시키리만치 예쁜 단어들을 골라 썼고 어쩌다 남들이 욕하는 걸 들으면 금세 눈 주위가 발개지고 눈물을 글썽거렸다는데, 뜻밖에도 이 아이에겐 우리말로 '색정광(erotomania)'이라 번역되는 망측한 병명이 붙어 있었다고 한다. 실습 나온 의대생들에게 걸핏하면 "당신이 나 좋아하는 것, 다 알아요. 우리 결혼할까요?" 하면서 여러 사람을 당혹스럽게 만들었다는 게 그런 진단의 주된 이유였나 보다.

몇 줄 읽지 않았음에도 나는 마치 신내림이라도 받은 사람처럼 순식간에 글의 내용을 전부 다 알아차릴 수 있었다. 그도 그럴 것이, 그 이야기는 모두 의대생 시절에 내가 실제로 겪었던 일이었고, 군의관 시절에 한 줄 한 줄 직접 타이핑했던 문장들이었기 때문이다. 오늘날의 인터넷처럼 화려한 환경은 아니었지만, 그때도 전화선 모뎀으로 연결되는 SNS, 곧 푸른 화면이 정겨운 'PC 통신'이 있었다. 군인아파트에서 잠이 안 올 때마다 난 '끼릭끼릭'

거리는 모뎀의 힘겨운 기계음에 묘한 위로를 받으며 PC 통신 게시판에 잡문을 올리곤 했다. 그 가운데 하나였던 본과 3학년 때의 단상을 딸아이가 어디서 용케도 찾아낸 것이다.

요즘은 어떤지 모르겠으나 예전엔 정신과 실습이 끝나 갈 무렵 병동에서 의대생, 간호대생들이 환자들과 함께 간단한 파티와 레크리에이션 시간을 가지는 게 전통이었다. 스케치북에 익숙한 단어들을 죽 적어놓고 하나씩 넘기며 재치 있는 설명으로 자기 파트너가 정답을 맞히게끔 하는, 소위 '스피드 퀴즈'란 게임을 할 때였다. 내 환자였던 소녀가 간호학과 학생에게 설명하는 차례가 되었다. 스케치북에 매직으로 크게 쓴 '어린이'란 낱말이 나타나자 소녀는 잠시도 머뭇거리는 기색 없이 반사적으로 이렇게 말했다.

"어른의 아버지!"

간호대생은 즉시 "할아버지"라고 외쳤다. 오답임을 알리는 '땡' 소리와 함께 충격이 밀려왔다. 물론 그 자리의 다른 사람들은 폭소를 터뜨렸고 난 그때 분명히 느낄 수 있었다. 그 웃음 속에 '역시 쟤는 정상이 아니야' 하는 냉소가 상당 부분 깃들어 있었음을.

내가 충격을 받았던 이유는 그 아이의 엉뚱한 설명이 저 유명한 영국의 계관시인 윌리엄 워즈워스(William Wordsworth)의 시구였기 때문이다. 그게 고등학교 때 영어 교과서에 실렸던 워즈워스의 명시 '무지개'의 한 부분임을 그때의 나는 똑똑히 기억하고 있었다. '하늘의 무지개를 바라보노라면 내 마음 뛰노나니'로 시작되는 그 시의 마지막 연에 '어린이는 어른의 아버지'란 구절이 등장한다. 순수한 마음으로 자연과 더욱 가까워지고 싶었던 시인은 어린이의 때 묻지 않은 심성을 그렇게 표현했을 것이고, 내 소녀 환자 역시 어린아이의 순수함을 시인처럼 늘 동경하고 있었던 것은 아닐까 싶다.

"저는 한동안 회의에 빠지게 되었지요. 저렇게 아름다운 생각들이 머리에 가득 차 있는 아이를 가리켜 누가 미쳤다 하고 누가 싸이코라 손가락질하는가. 과연 스스로 정상인이라 믿으며 때론 뭇사람들을 비방하고 헐뜯기에 욕설도 마다하지 않는 나는 참으로 정상인인가. 아아, 그때의 복잡했던 제 머릿속에는 자꾸만 외눈박이 원숭이들 마을에 어쩌다 길을 잘못 들게 된 두 눈 달린 원숭이 이야기가 떠올랐습니다."

　지금 보니 일종의 자아 성찰로 끝나는 마지막 부분이 조금 진부한 것 같다. 눈길을 끌기 위해 '예쁘게 미쳤던 한 싸이코 소녀를 그리며'라는 선정적 제목을 붙였던 것도 다소 민망하다. 그래도 딸아이 덕분에 인터넷의 바다에서 우연히 다시 만난 그 소녀는 오래 잊고 있었던 시심(詩心)과 동심을 일깨워주었기에 참 반갑다. 비록 딸아이는 아직도 인터넷에 익명으로 떠돌고 있는 그 글이 젊은 시절 아빠의 작품이란 걸 미심쩍어하지만.

'희망동산'의 짜장면

병원 로비 리노베이션 공사가 한창 진행될 때였다. 이비인후과 선생님이 아이디어를 냈다. 로비 외벽 유리창 한 부위를 유럽 성당에서 볼 수 있는 것과 같이 스테인드글라스로 화려하게 장식하자고 했다. 거기까지는 상식적이었다. 하지만 곧이어 햇빛이 그 성스러운 창을 관통해서 들어올 때 빛이 도달하는 지점에 기도의 공간을 만들자고 하면서부터 이야기가 좀 이상해졌다. 로비의 구조나 가용예산, 혹은 예상되는 내외부 고객들의 반응 등등에 대한 현실적 고민 따위는 거의 없었다. 오직 동틀 녘이나 황혼 녘 은은한 햇살이 영험한 기운이 감도는 스테인드

글라스를 거쳐 광선검처럼 내리꽂히는 장소에서 환자들이 기도하면 어떤 난치병도 나을 수 있다는 희망이 와락 생기지 않겠느냐 하는 신비로운 주장만 펼쳤다. 물론 후속 논의는 흐지부지됐다.

산부인과 선생님이 홍보실을 맡았을 때는 '생명나무' 이야기를 많이 했다. 생명나무를 은유와 상징으로 받아들이는 것까지는 좋았는데, 한 걸음 더 나아가 병원 마당 적당한 곳에 큰 나무를 심고 실제로 생명나무라 칭하자는 아이디어로까지 번졌다. 그런 나무 아래 환자들이 소원을 주렁주렁 써 붙이면 그 또한 완치의 희망을 줄 수 있지 않겠느냐 하는 비범한 생각이었다. 이 아이디어 역시 '서낭당 프로젝트'란 빈정거림을 들으며 실행되지 못했다.

그 대신 병원 주차장과 인근 아파트 경계에 있는 언덕에 작은 정자 비슷한 시설물이 들어섰고 거기에 '희망동산'이라는 문패가 걸렸다. 희망동산으로 인해 우리 병원 환자들은 산책 범위가 넓어졌다. 답답한 병실에서 나와 마당을 거닐다가 희망동산 마루에 걸터앉아 잠시 쉬었다 오는 코스를 즐기는 환자들이 늘어났다. 그러던 어느 날 희망동산에서 짜장면을 시켜 먹는 환자가 목격됐다. 지금처럼 배달 라이더들이 많아지기 훨씬 이전임에도 예나 지금이나 날씨와 장소를 가리지 않는 우리의 철가방 아저씨들에게 병원 마당 야외 배달쯤은 아무런 문제가 되지 않았던 것이다.

이후로 희망동산에서 암 환자와 보호자분들이 짜장면을 시켜 함께 다정하게 드시는 모습은 심심찮게 마주치는 풍경이 됐고 특별한 상념을 불러일으켰다. 병원 식사가 별로 맛이 없다는 것이 이유였겠지만 어쩌면 그분들은 배달 음식을 시켜 드시는 과정에서, 건강했던 옛 일상이 잠깐이나마 회복되는 기분을 느꼈을 것 같다. 조만간 고통스러운 투병의 시간이 지나가면 평범하면서도 소중했던 자신의 본래 삶을 되찾을 수 있으리란 믿음이 짜장면으로 인해 다져질 수 있었을 것이다. 그런 의미에서 한 그릇의 짜장면은 환자들에게 희망을 가져다주는 데 있어서 기도실이나 서낭당 나무보다 훨씬 효과적인 매개체였음이 분명하다.

일찍이 "짜장면은 희망이다"라는 어록을 남겼던 분이 있다. 빚 때문에 서강대교에서 한강으로 투신하는 극단적 선택을 했지만, 운명은 그를 다리 아래 밤섬으로 몰고

갔다. 일종의 무인도라 할 수 있는 그곳에서 하루하루 비루하게 삶을 연명하며 계속 죽음만을 생각하던 그에게 희망이 생긴 건, 버려진 짜장라면 봉지 속에서 온전한 수프 하나를 발견하면서부터다. 그 수프를 넣어 쓱쓱 비벼 먹을 수 있는 짜장면 면발을 만들고야 말겠다는 강렬한 목표가 생긴 것이다. 그에게 짜장면은 잃어버린 일상의 회복이었고 죽음의 길목에서 찾아낸, 삶의 새로운 의미였다. 영화 <김 씨 표류기>(2009)의 주인공 김 씨는 마침내 새의 배설물에서 씨앗을 찾아 땅에 심고 거기서 자란 옥수수로 눈물의 짜장면을 만들어 먹는 데 성공한다. 스스로의 힘으로 기어이 희망의 싹을 틔운 것이다. 영화 속 김 씨의 간절한 눈빛과 아주 비슷한 것을 희망동산에서 짜장면 드시던 우리 암 환자분들에게서도 보았다고 하면 실례가 되려나.

희망동산은 이후 병원 일대 도로변 정비공사를 하면서 없어졌다. 경사진 언덕에 산책로 정도만 남아 있을 뿐이다. 하지만 지금도 그 근처를 지날 때면 어디선가 "짜장면 시키신 분"을 외치는 소리가 들리는 것만 같다. 돌이켜보면 과학적 사고와 객관적 근거에 입각해서 환자를 돌봐야 할 의사들이 암 치료를 위해 신비한 빛이 내리쬐는 기도실을 만들고, 치성을 드릴 수 있는 나무를 심자고 제안하는 게 적절한 일이었냐고 힐난하는 분이 있을지 모르겠다. 하지만 그것은 주사와 먹는 약만으로 도저히 처방이 안 되는 '희망'이란 성분을 암 환자들에게 어떻게든 전달하고 싶어 했던 괴짜 의사들의 진심 어린 아이디어였다고 생각한다. 희망동산의 짜장면과 오롯이 맥락을 같이 하는 셈이다.

희망동산이 그리워질 때마다 떠오르는 옛날 신문 기사 하나가 있다. 1960년대 중반 우리 기관의 공식 명칭은 '방사선의학연구소 부속 암병원'이었다. 국민들은 그냥 줄여서 '암병원'이라고 불렀다. 당시에는 대한민국에 암병원 혹은 암센터라 불리는 다른 곳이 하나도 없었으니 헷갈릴 이유도 없었다. 지금으로부터 50여 년 전, 한 일간지는 우리 병원을 소개하며 이렇게 기술하고 있다. "우리 곁에 암병원이 있는 한, 암을 초기에 발견하면 거의 치료받을 수 있다는 안도감과 함께 언젠가 암이 완전히 극복될 것이라는 희망이 생긴다." 희망동산은 사라졌지만, '희망'이야말로 원자력병원의 오래된 또 다른 이름이었던 것이다.

오늘따라 문득 짜장면이 몹시 먹고 싶어진다.

만년필, 너지?

우리 병원을 방문한 서울시의사회 회장님이 예쁜 선물을 주고 가셨다. 서울시의사회 로고가 선명한 만년필 한 자루. 물론 하얀 육각별이 그려져 있다든지 화살촉 모양의 클립이 있다든지 하는 것들과는 거리가 먼, 카트리지 타입의 수수한 보급형 만년필이었다. 오랜만에 보는 그 녀석으로 인해 잠시 중학교 시절이 떠올랐다. 예전엔 중학교 입학 선물로 국민적 인기를 끌었던 게 단연 만년필 아니었던가. 볼펜으로 필기하면 필체를 버린다고 손에 잉크가 시커멓게 묻어도 만년필로 정성껏 한 자 한 자 노트를 메워가던 기억이 새롭다.

어쨌거나 볼펜은 고객 만족을 위해 끊임없는 기술 혁신을 이룬 반면, 세월이 가도 별 변화가 없고 관리마저 불편한 만년필은 대중용 필기구로서 점점 설 자리를 잃었다. 지금은 기껏해야 과시용으로 일부 고가 브랜드만 명맥을 유지하는 듯하다. 이들의 주목적은 '싸인'이기에 펜촉이 제법 굵어야 폼나게 이름을 휘갈길 수 있다. 그런데 우리 회장님이 놓고 가신 만년필에는 서명용이 아니라 필기용으로 쓰이는 가느다란 촉이 박혀있었다.

고민이 시작됐다. 추억을 한 아름 머금은 필기용 만년필을 선물 받았으니 뭐라도 쓰고 싶은 욕망이 솟아오르는데 도대체 뭘 써야 하나. 일단 노트부터 하나 구해서 맨 첫 페이지에 '적자생존'이라고 적었다. 신세대들의 기발한 풀이대로 '뭔가 열심히 적어야 이 험한 세상에서 잘 살아갈 수 있다'는 뜻이다. 하루가 다르게 기억력 감퇴를 체감하고 있는 나 같은 사람에게 대단히 시의적절한 슬로건이다. '적자생존'을 실천하기에 가장 손쉬운 콘텐츠는 매일 있었던 일을 끄적이는 것이라 판단했고 그렇게 해서 나는 일기를 쓰기 시작했다. 몇십 년 만에 처음으로.

2020년 첫날에 시작한 일기는 이후로 지금까지 하루도 빠짐없이 이어지고 있다. 병원의 주요 의사결정을 하는 회의 장면이 지루하게 적히기도 하고, 정부 부처를 찾아다니며 예산 늘려달라 읍소하는 애처로운 상황이 기록되기도 한다. 사무실에서 틈틈이 일기 쓰는 내 모습을 본 우리 과 선생님들은 '무슨 사초(史草)라도 작성하느냐'며 나의 과도한 다이어리 사랑을 놀려댄다. 물론 나중에 우리 기관의 야사 편찬에 도움이 될 만한 이야기들도 더러 있지만 내 일기장에는 가족이나 동료들과 일상에서 누리는 작은 행복들이 훨씬 더 많이 담긴다.

'적자생존'이라는 작년 새해 결심을 완벽히 실천하게 했을 뿐만 아니라 평생 이어질 좋은 습관으로까지 정착시키는 데는 만년필의 힘이 컸다. 사실 회장님께 받은 선물의 약발은 6개월쯤 지나니까 좀 떨어지기 시작했다. 그때 큰맘 먹고 이태리제 만년필을 하나 더 샀고 그 덕분에 또 일기를 열심히 쓰게 됐다. 역사이자 추억이며 반성문이기도 한 나의 일기장을 바라보고 있노라면 문득 리처드 탈러가 쓴 행동경제학 분야의 명저 '넛지(nudge)'가 떠오른다. '옆구리를 슬쩍 찌른다'는 뜻으로, 외래어 표기법에 따른 올바른 한글 철자는 '너지'다. 딱히 의도는 없었겠지만 결과적으로 회장님이 내 삶에 슬며시 개입하셨고, 그 '너지' 덕에 바람직한 행동 변화가 유도된 것이 틀림없다.

흔히 '너지'의 가장 유명한 사례로 암스테르담 스키폴 공항 남자 화장실의 소변기에 그려진 파리가 회자된다. 그거 맞히겠다고 소변 줄기를 정조준해본 남성들은 많겠지만 파리 한 마리가 화장실 청소 아주머니들을 얼마나 기쁘게 했는지는 잘 몰랐을 것이다. 실제로 조그만 파리 그림 하나가 뭇 남성들의 오줌 누는 방식을 슬쩍 변화시켜 소변기 밖으로 튀는 파편을 획기적으로 줄였다. 스웨덴 스톡홀름의 피아노 계단은 또 어떤가. 계단에 피아노 건반을 그려놓고 밟을 때마다 소리가 나게 했더니 바로 옆 에스컬레이터를 이용하는 사람들이 급격히 줄었다. 건강을 위해 계단을 이용하자고 목청을 높이고 요란한 표어를 붙여놓지 않아도 사람들 행동이 슬그머니 긍정적인 방향으로 바뀌었다.

책에서 보았던 '너지'의 힘을 만년필을 통해 직접 체험하고 나니 이런 종류의 행동방식 교정에 급격히 관심이 생겼다. 공공병원의 책임자 역할을 하고 있지만 직원들을 리드하기 위해 손에 들고 있는 채찍과 당근은 너무나 보잘것없을 때가 많기 때문이다. 채찍은 가벼워 무기력하고 당근은 비싸서 많이 사용할 엄두가 나지 않을 때, 효과가 괜찮은 또 다른 방법이 있음을 만년필 한 자루가 상기시켜준다.

코로나로 인해 사회적 거리 두기가 한창인데, 유독 우리 병원 구내식당은 점심시간에 너무 붐빈다. 이 밀집, 밀접의 환경을 개선하기 위해 사번 끝자리 홀짝제를 실시하기로 했다. 12시 30분을 기준으로 홀숫날은 홀수 사번이 먼저 먹고 짝숫날은 반대로 한다. 그런데 이게 잘 지켜지지 않고 강제할 방법도 마땅치 않다. 고민 끝에 한 가지 방법을 추가했다. 식당 컴퓨터에 사원증을 태그할 때 지정 시간을 어긴 사람은 모니터에 인적사항이 빨간색으로 나오게 했다. 빨간색이 찜찜하고 주변의 시선을 끄니 앞으로는 부디 홀짝제를 잘 지키도록 슬며시 개입한 것이다.

또 한 가지. 입원환자들은 코로나19 검사를 무조건 다 받아야 하지만 보호자들까지 검사를 억지로 전부 시킬 수는 없고 적극적으로 권고할 뿐이다. 이 상황이 늘 방역의 사각지대처럼 염려스러웠다. 역시 슬며시 옆구리 찌르는 방법을 한번 적용해 보기로 했다. 보호자들 목에 거는 이름표에 코로나 검사를 받은 사람들은 노란색 표식을 붙여준 것이다. 의료진들은 그걸 보고 안심할 수 있고 보호자들끼리는 서로서로 검사 안 한 사람들에게 눈치를 줄 수도 있고. 효과가 어떨지는 아직 미지수지만 일상에서 부딪히는 다양한 문제들에 대해 이런 궁리를 해보는 게 재미있고 보람 있다. 혹시 실패하면 또 다른 '만년필'을 생각해 볼 것이다. 채찍은 물렁하고 당근은 비쌀 때 이런 '너지'를 고민하게 해준 서울시의사회 회장님께 감사의 마음을 전한다.

불암(不癌) 산악회

허리가 구부정한 노인이 양옥집 대문 앞에서 벨을 누르지 못해 쩔쩔매고 있었다. 도저히 손이 닿지 않았기에 지나가는 소년에게 좀 눌러 달라 부탁했다. 노인의 사정이 딱해 보인 소년은 몇 차례 팔짝팔짝 뛰어서 간신히 벨을 눌러주었다. "띵동" 소리가 울렸을 때 노인은 갑자기 소년의 뒤통수를 때리며 이렇게 외쳤다. "야, 튀어!"

이 썰렁한 이야기에 등장하는 노인의 이름은 최불암(崔佛岩)이다. 90년대 이른바 '허무개그' 열풍을 일으켰던 최불암 시리즈 중 한 에피소드다. 벌써 팔순을 넘긴 이 노배우가 가끔 생각나는 건 그가 10년 이상 국토 구석구석을 누비며 풀어놓는 전통 밥상 이야기도 물론 좋아하지만 그보다 우리 병원 바로 옆에 그와 이름이 같은 '불암(佛岩)산'이 있기 때문이다.

서울특별시 노원구와 경기도 남양주시 별내면에 걸쳐 있는 508미터 높이의 이 바위산은 정상의 봉우리가 멀리서 보면 부처님을 닮았다고 하여 '부처바위'란 뜻의 지금 이름이 붙었다는 게 정설이다. 불암산에 오르는 남쪽 입구에 '공릉산백세문'이라는 현판이 붙어 있는데 아마도 노원구 공릉동 쪽의 불암산 자락을 '공릉산'이라 일컫는 게 아닌가 싶다. 병원 내 방에서 공릉산백세문까지는 직선거리로 100미터가 채 안 된다. 직장 바로 옆에 가볍게 등산하기 좋은 산이 있으니 코로나가 창궐하기 전엔 가끔 병원 직원들과 휴일 나들이를 다녀오기도 했었다.

등산로를 따라 오르다 보면 불암산이 왜 지금의 위치에 있게 되었는지를 알려주는 안내 팻말을 볼 수 있다. 원래 불암산은 화려한 금강산 그룹에 속한 봉우리였다. 조선왕조가 도읍을 정할 때 일단 한양을 선택하고 보니 북쪽에 북한산, 서쪽에 인왕산, 동쪽에 낙산이 자리 잡고 있어서 괜찮았는데 남쪽에만 그럴듯한 산이 없었다. 이 소식을 들은 불암산은 기왕이면 수도 한양을 대표하는 산이 되고 싶어 부리나케 달려왔지만 간발의 차이로 지금의 남산, 그러니까 목멱산에게 밀리고 말았다. 실망해서 돌아가던 불암산이 곰곰 생각해보니 금강산에 가더라도 배신자라고 왕따가 될 것 같았다. 마지못해 그냥 머물기로 했고 그때 발길을 멈춘 곳이 바로 지금의 장소다. 이런 사연 때문에 불암산은 전체적으로 서울을 등지고 있는 형세가 되었다고 한다.

전설만 놓고 보면 불암산은 부처님의 성정과는 다소 거리가 있는 것 같다. 공명심은 있으나 뭔가 우유부단하고 좀 소심한 느낌이랄까. 조선 초기 이후 잠잠했던 불암산의 공명심을 자극한 사건이 21세기에 또 한 번 생겼다. 2009년 대한민국에서는 국립자연사박물관 유치를 위한 지자체들 간의 경쟁이 뜨거웠다. 경기 화성시, 인천 강화군 등등 6개 지역이 경합을 벌였고 거기에 뛰어든 노원구는 불암산을 박물관 부지로 내어놓겠다고 발표했다. 졸지에 불암산은 중생대 쥐라기를 대표하는 기암괴석의 비경으로 자연사적 가치가 뛰어난 곳이기에 국립자연사박물관의 최적 부지라고 홍보되기 시작했다. 그런데 이것만으로

부족했을까. 갑자기 노원구는 방송인 최불암을 소환했다.

'이름이 너무 커서 어머니도 한번 불러보지 못한 채/ 내가 광대의 길을 들어서서 염치없이 사용한 죄스러움의 세월, 영욕의 세월/ 그 웅장함과 은둔을 감히 모른 채/ 그 그늘에 몸을 붙여 살아왔습니다.'

최불암의 자작시 <불암산이여!>의 첫째 연이다. 이 시는 멋진 비석에 새겨져 불암산 등산로에 놓였다. 박물관 유치 경쟁에서 승리하기 위한 비장의 카드로 노원구가 최불암을 불암산 명예산주로 임명하고 시비 제막식 이벤트까지 벌인 덕분이다. 시를 통해 최불암은 본명인 '최영한' 대신 불암산의 이름을 허락도 없이 오래도록 예명으로 사용한 데 대한 미안함을 노래했다. 하지만 노원구의 온갖 노력에도 불구하고 국립자연사박물관 건립 프로젝트는 그로부터 10년이 훌쩍 더 지난 지금까지도 진도가 못 나가고 표류 중인 국가사업이 되어버렸다. 입신양명을 노리던 불암산의 두 번째 꿈 역시 그렇게 수포로 돌아가고 말았다.

실망을 거듭한 불암산의 사기를 북돋워 주는 일은 뜻밖에 원자력병원에서 일어났다. 폐암 3기로 한쪽 폐를 절제

했던 환자가 전이나 재발 없이 10년 이상 잘 살아가는 모습을 본 우리 흉부외과 전문의 한 분이 환자에게 그 비결을 물었다. 수술 이후 날마다 꾸준히 하는 산행 덕분이라는 답이 돌아왔다. 신선한 충격을 받은 그 흉부외과 선생님은 아예 본인이 수술했던 폐암 환자들을 모아 산악회를 조직했다. 이들은 병원에서 가까운 불암산을 등산하기 시작했고 산악회 이름 역시 '불암 산악회'로 붙였다. 그런데 누군가의 아이디어였는지는 잘 모르겠지만 '부처바위'를 뜻하는 불암산의 원래 이름과는 한자를 달리했다. '아닐 불(不)'에 '암 암(癌)', 그러니까 더 이상 암이 아니란 의미의 '불암(不癌)' 산악회가 탄생한 것이다.

폐암 수술을 받은 환자들이 모여 시작했던 불암 산악회는 이후 10년이 넘는 시간 동안 점점 회원 수가 늘어 현재는 대장암, 유방암 등 다른 암 환자들과 그들의 가족까지 수십 명이 동참하는 제법 큰 환우회로 성장했다. 코로나 사태로 사실상 모든 동호회 모임이 중단되기 전까지 불암 산악회는 의료진과 환자들이 정기적으로 산행을 함께하면서 건강도 챙기고 유용한 정보도 나누는 격려와 지지의 장이 되었다.

전설은 불암산을 우유부단하고 소심한 산으로 묘사했고, 지자체들 간의 과열 경쟁은 이 산을 어설픈 이벤트의 대상으로 만들었지만, 이곳을 오르며 발걸음마다 생명의 소중함을 깨닫고, 호흡마다 희망을 노래하는 사람들이 있는 한 불암산은 뿌듯한 자부심을 가질 수 있으리라 믿는다. 불암 산악회여 영원하라!

주례사의 쓸모

병원 탁구동아리 활동을 즐겁게 같이 하던 젊은 직원 하나가 어느 날 내게 주례를 부탁했다. 병원장으로서 해야 하는 일의 스펙트럼이 의료의 질 향상과 환자의 안전 관리부터 장례식장 매점 선정에 이르기까지 복잡다단한 것은 잘 알고 있었으나 주례까지 서야 할 줄은 미처 몰랐다. 당황스러웠지만 직원의 간곡한 청을 모른 체할 수 없어 마지못해 오케이 했는데 그날부터 고민이 쓰나미처럼 밀려왔다.

교장 선생님 훈화나 목사님 설교보다 더욱더 제대로 듣는 이 없는 게 오늘날의 주례 말씀 아니던가. 듣는 이 없으니 누군들 내용을 기억하겠는가. 그저 눈도장 찍는 게 목표인 대다수의 하객들은 축의금 전달과 함께 식당으로 직행한다. 기념촬영을 위해 식장 안에 들어온 사람들도 자기들끼리 실컷 잡담하다가 주례사가 조금이라도 길어지면 짜증스러운 얼굴로 연신 시계 들여다보기에 바쁘다. '군중 속의 고독'이란 말은 어쩌면 이런 결혼식 주례의 심경을 묘사한 말이 아닌가 싶다.

의과대학 학장을 지내셨던 모교의 은사님 한 분은 밀려드는 제자들의 주례 부탁을 관리할 수 있는 나름 창의적인 방법을 개발하셨다. 비결은 주례사 중간에 신랑, 신부의 학점을 공개하는 것. "신랑 3.5, 신부 4.0" 하는 식으로 하객들 앞에서 학부 성적을 큰소리로 외치시니 성적 자랑하고 싶어 안달 난 극소수를 제외하고는 그 교수님께 주례 부탁하는 커플이 자연스럽게 줄어들 수밖에. 주위의 청을 차마 거절할 수는 없었으나 주례의 난감한 처지가 마음에 들지 않았던 그분의 고육지책이었을 가능성이 높다.

처음으로 주례 부탁을 받았다는 내 말에 우리 식구들 중에는 특히 딸아이가 질색을 했다. 아빠가 갑자기 훅

늙어 보이는 느낌을 받았나 보다. 소설가 김훈이 자기의 주례 경험을 몇 가지 적어놓은 에세이의 제목이 <꼰대는 말한다>였던 걸 보면 이런 선입관이 아주 특별한 것은 아닐 것이다. 실제로 김훈의 주례사 내용에 '인스턴트 음식사 먹지 말고 부부가 요리를 배워 함께 해 먹는 게 중요하다'라든가 '배우자 부모의 생일을 잘 챙기고 명절 때 꼭 인사하라' 등과 같이 고지식한 당부들이 등장하니, 소설가 본인 말마따나 뭇 주례들에겐 '구제불능의 꼰대' 이미지가 있음을 인정해야 할 것 같다.

약속된 결혼식 날짜가 다가왔기에 난 가족들의 우려를 뒤로하고 서둘러 주례사 준비를 해야 했다. 우선은 레지던트 시절 논문 쓰기 훈련을 받은 대로 선행연구, 아니 선행주례사에 대한 리뷰부터 시작했다. 인터넷을 뒤져 참고문헌이 될 만한 주례사들을 일일이 골라낸 다음 이들을 차곡차곡 카테고리별로 분류한 것이다. 개중에는 백범 김구 선생의 짧은 주례사, "너를 보니 네 아비 생각이 난다. 부디 잘 살아라"처럼 독특하고 임팩트 있는 것도 있었지만 대부분은 몇 가지 평이한 주제로 집약되었다. 한참을 정리하다 보니 꼭 기존 주례사들에 대한 '체계적

문헌고찰'을 하는 듯한 느낌이었다.

어쨌든 그 '연구'의 결론을 내 주례사 원고에 세 가지 한 자성어로 옮겨 적었다. 첫째, 부부는 일심동체가 아니라 '이심이체(二心異體)'임을 명심할 것. 둘째, 서로에 대한 '측은지심(惻隱之心)'을 가질 것. 셋째, 평생 '역지사지(易地思之)'의 자세를 견지하며 살 것. 말하는 사람에 따라 약간의 변주들이 있었지만, 문헌적 근거에 입각하여 자신 있게 말하건대, 이것이 국내 거의 모든 주례사를 관통하는 3가지 키워드다. 평범하지만 만고불변인 핵심 메시지를 확인했으니 이제 남은 건 그걸 전달하는 방식이었고 이때 명심했던 두 가지 포인트는 '짧게' 그리고 '유머를 섞어서'였다.

다행히 나의 주례 데뷔전은 평이 나쁘지 않았다. 우선 신랑, 신부로부터 진심 가득한 감사 인사가 있었고 복수의 하객들로부터도 머릿속에 쏙쏙 들어오는 멋진 주례사였다는 피드백을 받았다. 흐뭇하고 조금은 우쭐하기까지 했는데 그때 서늘하게 뇌리를 스치는 생각이 있었다. '이 주례사를 내 아내가 들었으면 뭐라고 했을까?' 주례사 원고를 집에서 눈에 잘 안 띄는 곳에 슬며시 치워둘 수밖에 없었다.

코로나가 기승을 부리면서 곤혹스러운 주례 요청은 한동안 이어지지 않았다. 그런데 하필이면 코로나 상황이 최악을 치닫던 시점에 병원 직원 한 분이 맏아들 혼사의 주례를 맡아달라고 부탁해왔다. 사연인즉 코로나로 인해 몇 차례 연기한 결혼식인데 가족 중에 암 투병하시는 분의 상태가 나빠져서 더는 미루기 어렵게 되었다는 것이다. '알겠다' 대답하고 날짜를 물었더니 일주일 후였다. '에고, 이건 뭐 내가 무슨 예식장 소속 전문 주례도 아니고…' 한숨 중에 불쑥 떠오른 아이디어는 때가 때이니만큼 '코로나에서 배우는 결혼 생활의 지혜'였다. 늘 머릿속에 있던 방역지침들을 주례 버전으로 한번 바꿔보자고 마음먹으니 준비가 그리 어렵지 않았다. 우리 인생에 코로나 바이러스 같은 위기가 들이닥칠 때를 대비해 세 가지 마음을 갖자고 했다. 평정심, 책임감, 그리고 배려심. 역시 유머와 위트를 버무려 명확하고 간결하게 전달했고 마무리로 민주당 이낙연 대표가 몇 차례 사용했으나 별 관심을 끌지 못했던 '우분투(ubuntu)'라는 말을 재활용했다. '당신이 있기에 내가 있다'는 남아프리카 인사말이다.

나중에 신랑 아버지가 주례사를 거의 외울 정도였던 걸 보면 급히 준비한 것 치고는 이것도 성공적이지 않았나 싶다. 희한하게도 두 번째 주례를 마친 직후 또 아내의 얼굴이 떠올랐다. 그 순간에 내가 해야 할 일을 알 것 같았다. 조용히 주례사 원고를 스마트폰 카메라로 찍었다. 신혼부부에게 전달한 말이건만 나 역시 늘 지니고 다니면서 수시로 꺼내 보자고 다짐한 것이다. 그때 주례사의 확실한 쓸모 한 가지를 깨달았다. '너 자신을 알라'는 '테스' 형의 가르침을 일상에서 실천하게 해주는 훌륭한 텍스트라는 것을.

'형광 커피'를 아시나요

　시작은 문화평론가 김갑수가 쓴 <작업 인문학>을 읽고
나서였다. 저자에 따르면 '태생은 한량인데 어쩔 수 없이
진보 지식인인 척해야 하는 시대상이 갑갑해서' 솔직하게
한번 써 봤다는 책이다. 표지에 '아는 만큼 꼬신다'라는
부제가 붙어있으니 여기서의 '작업'은 남성이 여성을 유혹
하기 위해 수행하는 제반 노동을 의미한다. 김갑수는 그
유효한 수단으로 '커피'와 '음악'을 열거하는데 그중에도
커피를 첫손으로 꼽는다. 커피에 대해 잡다한 지식을 쌓
아 대화에 센스 있게 활용하고 나아가 스스로 맛있는 커
피를 내릴 수 있다면 이성에게 근사하게 보이는 것쯤은

어렵지 않다고 주장한다.

　솔깃했다. 평소 커피를 꽤 많이 마시지만 딱히 '이 맛이야' 하고 감탄한 경험은 별로 없던 터라, 커피 내리는 법을 공부해서 직접 한번 만들어 보라는 김갑수의 조언은 잠자던 나의 도전정신을 깨웠다. 몇 해 전 그 비싸다는 루왁 커피를 어쩌다 맛보고서 '커피가 좀 구수하네' 하고 시골 노인네 같은 평밖에 내놓지 못했던 나는 '커피잔 안에서 신의 얼굴을 보았다'라는 식으로 고상하게 말할 수 있는 사람들의 경지가 부러웠다. 물론 '작업' 운운한 김갑수의 이야기도 전혀 영향이 없었다고 말하긴 어렵겠지만 어쨌건 나는 무슨 바리스타 귀신에라도 씐 사람처럼 커피 드리핑을 위한 각종 서적과 도구들을 수집하기 시작했다. 비록 독학이었지만 고3 같은 자세로 이론 공부와 실습을 맹렬히 병행했고 이른바 '오타쿠'의 길로 접어드는구나 싶었을 즈음 어김없이 '지름신'이 강림하셨다.

　가장 먼저 병원 내 방을 장식하기 시작한 것들은 '그라인더' 혹은 '핸드밀'로 불리는 원두 분쇄기였다. 볶은 원두를 으깰 때 가장 향긋한 냄새를 맡을 수 있기에 출근하면 커피콩 가는 일이 기분 좋은 아침 루틴이 되어버렸다.

원두의 분쇄 굵기가 커피의 추출 정도를 좌우하는 매우 중요한 변수라 대부분의 그라인더에는 굵기 조절 나사가 달려있다. 하지만 매번 나사를 돌리다 보면 오차가 생겨서 균일한 맛의 커피를 내리지 못할 염려가 있기에 나는 그라인더를 여러 개 사서 에스프레소 전용으로 매우 잘게 가는 것부터 프렌치 프레스용으로 굵게 가는 것까지 각각의 용도를 고정시켰다. 고백하자면 그거 다 핑계고 세상에 예쁜 그라인더들이 너무너무 많았다는 게 진짜 이유다.

비슷한 사연으로 여러 종류의 드리퍼(칼리타, 하리오, 고노 등)와 다양한 필터들(종이, 헝겊, 메탈 등) 그리고 온갖 컵, 텀블러, 주전자 등등이 내 방을 채우기 시작했다. 정통 핸드드립과 분야는 조금 다르지만 사랑스러운 모카포트들 역시 눈에 띄는 족족 사 모으지 않을 수 없었다. 주변의 간곡한 만류가 없었다면 각종 로스팅 기구들까지 들여왔을 참이었다. 커피 볶는 기구인 로스터까지 사서 직접 로스팅도 불사할 심산이면 아예 결혼생활을 재고해야 할 것이란 조언이 마음에 걸려 그것만은 간신히 자제했다.

커피 맛을 좌우하는 가장 큰 요소는 원두의 품질이다. 따라서 커피용품에 대한 나의 열정은 금세 다양한 커피 원두를 테스트하는 것으로 이어졌다. 파나마 에스메랄다 농장의 게이샤, 엑스트라 팬시 등급의 하와이언 코나, 자메이카 마비스 뱅크에서 나오는 블루마운틴 넘버 원… 이름 좀 있다 하는 스페셜티 커피들이 속속 병원으로 배달됐고 나는 그것들을 내려 마시면서 꽃향기가 어떻고, 산미는 어떻고 또 균형감은 어떻고 하면서 동료들과 어쭙잖은 품평을 즐겼다. 그러다가 문득 내가 내린 커피의 맛이 다른 바리스타들과 비교하면 어떤 수준일까 하는 생각에 주변 카페들 순례에 나섰다. 잘 알려진 프랜차이즈 커피숍들 말고 장인정신 충만한 주인이 정성껏 손으로 내린 커피를 제공하는 그런 카페들 말이다.

그 순례의 길에서 종착점처럼 만난 카페가 병원 근처의 '형광 커피'였다. 테이블이 세 개 남짓 있고 종업원 없이 젊은 총각 사장님 혼자서 운영하는 작은 커피숍이다. 카페 간판에 발광하는 원두를 그려놓았기에 어쩌면 커피에서 영롱한 빛이 피어나는 장면을 볼 수 있겠거니 기대하며 가게에 들어섰다. 실망스럽게도 '형광 커피'의 '형광'은 특정 물질이 전자기파 같은 걸 흡수해서 오묘한 빛을 내는 화학 현상이 아니라 그냥 사장님 이름이었다. 하지만 말이 없고 수줍은 성격의 '이형광' 사장님이 직접 볶은 원두로 내려주는 커피는 내 입에 꼭 맞았다. 별로 유명하지 않은 농장 원두들 몇 개만 준비해 놓았음에도 그분의 손길이 닿으면 그 콩들이 최고의 커피로 변하는 게 신기했고 그간 어설프게 전문가 흉내를 내던 내 모습이 부끄러웠다.

프로와 아마추어의 차이를 느끼게 해 준 그분의 커피를 한마디로 표현하면 '넘치지 않음'이다. 로스팅도 추출도 과하지 않고 커피잔조차 소박한 흰색. 게다가 커피에 관해 해박한 지식과 경험을 지닌 사람이 태도까지 겸손하다. 당연히 이형광 사장님과 그분의 커피에 매료된 우리 병원 직원들이 많이 생겼고 그 때문인지 형광 커피는 8년째 같은 자리를 꿋꿋이 지키고 있다. 나는 주로 사장님이 볶은 에티오피아나 과테말라산 원두를 사다가 병원에서 내려 마시지만 가끔은 점심시간에 직접 가서 사장님의 핸드드립 솜씨를 맛보고 온다. 그때마다 가게에서 행복한 표정으로 커피와 함께 담소를 나누는 우리 직원들을 마주치곤 한다.

새삼 깨닫지만 '고수(高手)'의 특징은 감정기복 없는 집중력과 '업(業)'의 본질을 꿰뚫는 통찰력이다. 잡다한 눈요기용 커피용품도 없고 유명하고 값비싼 원두도 없는데 형광 커피 사장님은 수수한 도구와 재료로 한결같이 맛있는 커피를 내린다. 솜씨 자랑을 할 법도 하건만 그저 자기 커피를 즐겁게 마시는 손님들 표정에서 조용히 보람을 느끼는 것 같다. 적어도 김갑수가 말한 '작업 도구'로서의 커피는 형광 커피 안에서 발붙일 곳이 없다. 형형색색의 형광은 없지만 분명 그 커피엔 서로의 마음을 타고 따뜻하게 번져가는 또 다른 형광이 있다.

공릉동 '원탁의 기사단'

엑스칼리버를 휘두르던 브리튼의 군주 아서왕은 기네비어 공주와 결혼할 때 둥근 탁자를 선물로 받았다. 거기둘러앉을 수 있는 인원은 13명이란 설도 있고 100명이 넘는다는 설도 있다. 숫자가 몇 명이건 간에 기사들이 원탁에 앉는 위치는 어디라도 차이가 없었다. 이른바 '상석'이따로 없었다는 얘기다. 뜻도 좋고 유명한 전설의 후광도있으니 우리 동아리 이름으로 딱 맞겠다 싶었다. 물론 거기까지 생각이 미친 것은 우리가 '원자력병원에서 탁구를좋아하는 멋진 사람들의 모임'이었기 때문이다. 첫 글자의 조합과 약간의 나르시시즘이 빚어낸 자연스러운 연상

작용이었다. 하지만 '원탁의 기사단'이라 부르는 게 너무 길고 좀 오글거린다는 사람도 있었기에 그냥 우리 탁구동아리는 '원탁회'라고 불리게 됐다.

지금은 수십 명 회원이 활발히 활동하는 어엿한 중견 동아리지만 그 시작은 미미했다. 10년 전 어느 날 병원 체력단련실에 덩그러니 세워져 있던 낡은 탁구대를 몇몇 의사들이 발견해서 이따금 일과 후에 복식경기를 가졌다. '똑딱이' 수준의 실력이었어도 치열한 경쟁심이 한번 발동하니까 어떤 복식조는 유니폼까지 맞춰 입고 나타나 허세를 부렸다. 시장에 가서 유니폼 왼편 가슴에 태극마크를 박아 넣고는 어설프게 국가대표팀 행세까지 하던 그 시끄러운 팀 덕분에 체력단련실에는 웃음이 끊이지 않았다. 화기애애한 분위기가 소문나자 의사뿐 아니라 간호사, 의료기사, 연구원, 행정사무원 등등 여러 부서 직원들이 체력단련실에 모여들었고 정식으로 탁구 동호회를 조직하기에 이르렀다. 스포츠를 통해 직종 간 대화합이 저절로 이루어지니 아서왕의 '원탁' 정신을 구현하는데 부족함이 없었을 것이다.

졸지에 초대 회장으로 추대된 나는 친목 도모와 실력

향상이라는 두 마리 토끼를 다 잡아야 했기에 동기부여를 위해 다른 기관 탁구부와의 교류전을 적극적으로 추진했다. 이때 처음 맞붙은 팀이 중앙대학교병원 탁구부였고 이들은 '스매싱'이란 멋진 이름을 가지고 있었다. 원탁회는 선전했지만 지금까지 역대 전적에서 중대병원 스매싱에 많이 밀린다. 스매싱은 객관적 실력이 우위에 있었음에도 중앙대학교 탁구부 소속 대학생들까지 출전시키는 소위 '반로환동(返老還童)'의 신공까지 종종 펼쳤다. 나이가 많고 실력은 좀 처졌지만 우리 원탁회는 원칙과 매너를 중시했으니 그만하면 '기사단'으로 불려도 손색없지 않을까.

그런데 '승패에 연연하지 않고 게임을 즐긴다'는 일종의 '정신승리'에도 한계가 있는 듯했다. 이후로 서울과기대, 삼육대, 고려대, 강남구의사회, 수유리 클럽 등등과의 탁구 대결에서 우리 원탁회는 모조리 패했다. 코로나 유행 직전 출전했던 과기부 장관배 탁구 대회에서는 양 팀의 다섯 개 복식조가 동시에 맞붙는 '샷 건' 방식의 경기에서 KBS에 5대0으로 지는 수모를 당하기도 했다. 이쯤 되자 누군가 우리 원탁회를 '힐링 탁구부'라 부르기 시작했다.

상대방에게 통쾌함을 선사하여 힐링 효과를 준다는 뜻
이다. 기사도도 좋지만 계속 이러다가는 라만차의 돈키호
테 같은 정신과적 증상이 나타나지 않을까 염려가 됐다.
교류전을 잠시 중단하고 우선 내실을 다지기 위해 탁구
코치를 병원에 불러 레슨을 열심히 받기로 했다. 다행히
꽃미남 부류의 젊은 코치들이 지도를 맡으면서 원탁회에
생기발랄한 에너지가 주입됐고 여성 회원들 또한 적극성
을 띠게 됐다.

　따지고 보면 탁구는 입문하기 쉬운 운동이다. 몇 달 동
안 죽어라 스윙 연습을 하고도 필드에 나가 공 한번 제
대로 못 맞히는 자들이 수두룩한 골프와 비교해 보면 금
세 알 수 있다. 초보자가 재미를 느끼게 되는 역치가 이렇
게 낮은 운동이 또 있을까. 실수했을 때 골프장에서는 탄
식과 욕설이 터져 나오지만 탁구장에서는 웃음이 쏟아진
다. 게임을 하면서 가장 많이 웃게 되는 스포츠 역시 탁구
가 아닌가 싶다. 탁구가 가진 이런 덕목들을 하나하나 음
미해보는 것이 교류전 참패로 인한 '외상후 스트레스 장
애' 극복의 지름길이란 생각이 들었다.

　탁구가 가진 미덕들을 점검해보는 것에 덧붙여 탁구로

인한 보람과 감동을 리마인드 하는 것도 망가진 컨디션 회복에 도움이 되는 것 같아 나는 가끔 과거 우리 병원을 찾았던 현정화 감독을 떠올릴 때가 있다. 원탁회가 출범한 지 얼마 되지 않았을 무렵 올림픽 대표팀 탁구 감독으로 현정화 선수가 임명됐다. 병원 바로 옆 태릉선수촌에 현 감독이 출퇴근하는 걸 알게 된 우리 산부인과 선생이 SNS를 통해 원자력병원에 한번 방문해 달라 요청했다. 환자들을 위한 '1일 탁구 교실'을 열어달라 부탁한 거였고 현 감독은 흔쾌히 수락했다. 어느 화창한 토요일 오후, 병원 로비에서 어린 소아암 환자들이 환자복 차림으로 현 감독과 탁구공을 똑딱거리며 즐거워하고 유방암 환우회 환자분들은 그 옆에서 환호하며 손뼉 치던 모습이 눈에 선하다. 탁구가 가진 진정한 힐링 효과를 원탁회 회원들이 실감하던 순간이었다. 현 감독의 재능기부에 감동한 우리들은 단체로 현정화, 이분희의 남북단일팀 스토리를 다룬 탁구 영화 <코리아>를 감상하고 왔다.

원탁회에 뒤늦게 가입한 회원들은 원탁회가 그저 '원자력병원 탁구 동호회'의 준말인 줄로 안다. 하지만 그 이름에는 평등과 화합의 상징인 '원탁'이 들어있고, 이기기 경쟁보다는 고귀한 스포츠 정신을 숭상하는 '기사도'가 자리 잡고 있음을 우리 원탁회의 역사가 말해주고 있다. 물론 나의 일방적인 주장일 수 있지만 원자력병원 탁구 동호회는 '원탁의 기사단'으로 불릴 만한 자격이 충분하다.

뒤집힌 '게'를 살리려면

'역주행'은 위험천만한 불법행위지만 가요계에서만큼은 색다른 의미다. 대중의 기억에서 사라졌던 노래가 어떤 계기로 인해 갑자기 새로운 유행을 타는 현상을 말한다. 요사이 가수 아이유가 10년 전 불렀던 <내 손을 잡아>란 곡이 음원 차트에서 맹렬히 역주행하고 있다.

아이유가 생애 처음으로 작사 작곡해서 차승원, 공효진 주연의 2011년 드라마 <최고의 사랑> 삽입곡으로 썼던 상큼한 노래다. 그 뮤직비디오 중 "사랑이 온 거야. 너와 나 말이야. 네가 좋아, 정말 못 견딜 만큼"이란 가사 부분의 동영상이 짧게 편집되어 SNS에서 젊은이들의 애정

고백용으로 공유되기 시작한 게 폭발적 역주행의 계기인 것 같다. 어쨌든 아이유는 이 노래에서 끊임없이 외친다. '마음 가는 그대로, 지금, 그냥' 자기 손을 잡으라고.

누군가의 손을 잡는다는 것. 형식적인 악수 말고 오랜 벗이나 연인의 손을 꼬옥 쥐어본 사람들은 알 것이다. 물리적인 감촉을 넘어 뭔가 특별하고 신비한 에너지가 오고간다는 것을. 그 에너지는 예외 없이 서로의 심장에까지 도달한다. 이런 경험이 제법 쌓이고 나서야 비로소 깨닫게 된 문구가 있다. '손을 잡으면 마음까지'. 80년대 대학로에서 혜화동으로 향하는 골목에 있었던 작은 카페의 이름이다.

당시 의대생들의 아지트였고 우리는 그곳을 줄여서 <손마음>이라 불렀다. "이따가 수업 끝나고 <손마음>에서 만나"라는 게 아주 흔한 인사였지만 그 이름에 깃든 따뜻한 위로와 든든한 믿음을 사람들로부터 체험한 것은 철이 좀 더 들고나서였다. 물론 세월이 흐른 뒤 우연히 접하게 된 소설 <은교>의 명문장, '남자에게 연애는 감각으로부터 영혼으로 옮겨간다'의 의미를 깨달은 것도 실은 그때였던 것 같고.

서론이 좀 길어졌지만 말하고 싶은 본론은 빈센트 반 고흐가 폴 고갱과 룸메이트로 함께 살 때 그렸다는 '게(crab)' 그림 이야기다. 요리는 고갱이 도맡았고 고흐는 시장에서 이것저것 식재료 사 오는 일을 주로 했다고 한다. 그러니 가끔 어물전에서 사다 먹었을 게를 모델로 정물화 한 번씩 그리는 건 자연스러운 일이었을 것이다.

첫 번째는 게 한 마리를 그렸고 그 작품의 제목은 '뒤집힌 게(Crab on its Back)'였다. 얼마 지나지 않아 두 번째로 비슷한 그림을 그렸을 때 그는 게 한 마리를 더 그려 넣었고 여기엔 '두 마리 게(Two Crabs)'란 제목이 붙었다. 이번에는 뒤집힌 한 마리 옆에 온전한 자세로 웅크린 게 한 마리가 나란히 있다. 첫 번째 그림은 네덜란드 암스테르담의 반 고흐 미술관이, 두 번째 그림은 영국 런던의 내셔널 갤러리가 소장하고 있다.

미술평론가들은 뒤집힌 게를 '죽음'으로 해석한다. 뒤집혔다가 다시 몸을 돌려 원위치로 갈 수 없는 게는 움직이지 못해 결국 그 자리에서 버둥거리다 잡아먹히거나 말라죽을 운명이다. 뒤집힌 게는 당시 절망에 빠져있던 빈센트 자신이고 옆에 올바로 서 있는 게는 그의 동생 '테오

반 고흐'를 의미한다는 설이 유력하다. 정신병에 걸린 자신을 평생 돌봐주며 수백 통의 살뜰한 편지를 주고받던 동생 테오를 형은 어쩌면 그림에서나마 바로 곁에 두고 싶었나 보다.

고흐의 뒤집힌 게 그림은 몇 년 전 대한민국에서 반짝 주목을 받았다. 여당의 유력 여성 정치인이 그 그림을 들고 나와, 훌렁 뒤집혀 복원력을 잃었고 도저히 자생하기는 힘들어 보이는 게가 마치 우리나라의 검찰 같다고 SNS와 방송에서 일갈했기 때문이다. 난 그때 뒤집힌 게를 보면서 검찰보다는 우리 기관이 슬며시 떠올랐다. '암(癌)'이란 영어 단어 'cancer'의 어원이 '게'를 의미하는 그리스어 'karcinos'고 우리도 과거에 게 그림을 기관의 로고(logo)로 썼던 적이 있다. 서양인들이 즐겨 따지는 12개 별자리 중 게자리 역시 'Cancer'라 일컫는다. 바로 그 'Cancer Center'인 우리 병원에도 몸이 뒤집힌 채 몹시 숨 가빠하는 직원들이 있는 게 눈에 보였던 것이다.

입사한 지 1년을 채 못 채우고 사직서를 던지는 간호사들, 밤낮 없는 업무에 치여 극도로 예민해진 전공의들, 쏟아지는 민원 때문에 장기휴직을 고민하는 대민업무

부서원들. 곳곳에서 신음이 들려왔고 힘껏 몸을 돌려 한시바삐 자세를 바로잡지 않으면 뒤집힌 게처럼 언제 위태로운 지경에 이를지 모르는 직원들이 꽤 많아 보였다. 그때부터 나는 고흐의 게 그림을 슬라이드로 준비해서 신규 간호사 오리엔테이션, 전공의 워크숍, 직무 연수교육 등등을 쫓아다니며 청중들에게 보여주었다.

"우리 주변을 한번 둘러봅시다. 이 그림의 게처럼 뒤집혀서 발버둥 치고 있는 동료들이 보이시나요? 혹시 어쩌면 자신이 이런 상태인가요? 이들을 살리고 또 내가 살아나려면 어떻게 하면 될까요?"

손을 내밀자고 제안했다. 뒤집힌 게는 스스로 복원력을 회복하기 어려워도 누군가 내미는 손이 있다면 그걸 붙잡고 다시 몸을 바로 세울 수 있다. 힘들어하는 동료들에게 적극적으로 먼저 손을 내밀고, 또 내가 괴로울 때 주저 없이 주위 사람들에게 도움의 손길을 청한다면 모두가 훨씬 쉽게 고통에서 벗어날 수 있지 않겠는가. 그렇게 꼬옥 맞잡은 손은 이내 마음까지 연결되어 삶의 희망과 용기가 된다. 나는 우리 기관이 공릉동의 거대한 <손마음> 카페로 거듭나기를 기대한다. 그 카페에 어울리는 음악은 단연 아이유의 <내 손을 잡아>가 될 것이다.

'느낌이 오잖아 떨리고 있잖아/ 언제까지 눈치만 볼 거니/ 네 맘을 말해봐 딴청 피우지 말란 말이야/ 네 맘 가는 그대로 지금 내 손을 잡아'

잠시 시간을 내서 스마트폰으로라도 이 역주행에 동참해 보자. 아 좋다. 젊어지는 기분, 그리고 따뜻한 느낌.

'고로, 뒤쪽이 진실이다'

'왜 똑같은 면으로 자신을 증명해야 하는 걸까? 저마다 나은 면이 있을 텐데…' 증명사진을 찍을 때마다 작가 하완이 가졌던 의문이다. 그는 중학교 시절 어느 미술 시간의 경험을 소개한다. 옆자리 친구의 얼굴을 그리라는 과제가 주어졌을 때 반 학생들은 천편일률적으로 친구의 앞모습을 그렸다. 그런데 한 아이만은 독특하게도 짝꿍의 측면을 그렸다고 한다. 완성된 결과물들을 보면서 다들 깜짝 놀랐다. 이목구비를 평평하게 그릴 수밖에 없는 정면과 달리, 측면 그림이 얼굴의 굴곡을 훨씬 명확하게 드러내고 있던 것이다. 누구를 그렸는지 콕 집어낼 수 있을 정도의 개인적 특징은 앞모습이 아니라 옆모습이 더 잘 잡아내고 있었다.

<하마터면 열심히 살 뻔했다>에 이어 두 번째로 내놓은 하완의 에세이 <저는 측면이 좀 더 낫습니다만>에 나오는 이야기다. 하완은 이후로 사람들의 옆얼굴을 훔쳐보는 버릇이 생겼다고 한다. 정면에선 보이지 않던 슬픔이나 매력, 혹은 말 못 할 비밀이 측면에서 드러나는 걸 보고 새삼 놀랐단다. 공감이 갔다. 입사 원서나 인사팀 데이터베이스에 있는 직원들 얼굴 사진을 보면 마치 단일클론들인 양 모두가 비슷비슷하니 말이다. 컴퓨터의 도움으로 점이나 흉터 같은 건 아예 밀어버렸고 눈을 키우거나 턱을 깎는 '사이버 성형'도 예사로 해대니, 도대체 증명사진으로 증명할 수 있는 개인의 특징이 얼마나 있을지 모르겠다. 혹시 서류전형 때 측면 사진을 함께 내라고 한다면 조금은 진실에 더 가까운 정보를 얻겠지만 그것 역시 이른바 '뽀샵'의 유혹을 완전히 뿌리치긴 어려울 것 같다.

나는 과거 미국 샌디에이고에서 1년 남짓 사설(?) 투어 가이드 노릇을 한 적이 있다. 물론 낮에 가슴에 달고 다닌 명찰에는 'UCSD 암센터 소속 방문 연구원(Visiting

Scholar)'이란 타이틀이 붙어 있었지만 저녁 시간과 주말엔 가족, 친지, 동창, 직장동료 등등 LA 공항을 통해 남가주로 몰려오는 온갖 방문객들 뒤치다꺼리에 바빴다. 무보수 자원봉사였어도 투어가이드 역할에 충실하려니 어쩔 수 없이 지역 명소들을 공부해야 했고 맛있는 식당들도 수소문해야 했다. 그때 한 가지 좋은 팁을 얻었던 책이 홍세화의 <나는 빠리의 택시 운전사>다. 프랑스 파리에 온 사람들은 누구나 큰 숙제가 있다. 개선문, 콩코드 광장, 에펠탑, 노트르담 성당 등등 수많은 명소들을 빠른 시간 내에 둘러봐야 한다는 숙제. 망명 생활 중 실제로 파리에서 택시 운전을 했던 홍세화의 조언은 이렇다.

"담뱃가게에서 사진엽서를 사세요. 택시를 잡은 다음 운전사에게 사진엽서를 보여주시고 그리 가자고 하세요. 잊지 말아야 할 것은 그 사진에 나와 있는 배경이 목표가 아니라 그 배경을 찍은 장소가 목표 지점이란 거죠."

엽서의 사진을 찍은 장소들이야말로 파리의 화가들과 사진사들이 심혈을 기울여 찾아낸 곳이니 그 자리에 가서 배경을 '뒤통수'로 바라보고 '찰칵'하면 된다는 것이다. 물론 지나친 증명사진 강박감에 건성건성 뒤통수로만 경치를 보지 말고, 부디 '앞통수'로 더 많이 쳐다보란 조언도 빠지지 않았다.

나는 이 방법을 샌디에이고 관광객들에게도 적용했다. 사진엽서와 여행 가이드북에서 멋진 사진들을 추리고 배경이 똑같이 그렇게 나올 수 있는 장소와 시간을 점검했다. 노을이 깔리는 보석 같은 '라호야' 해안, 동화 나라의 성 같은 호텔 '델 코로나도', 열기구와 패러글라이더가 하늘을 수놓는 '토리 파인스' 골프장. 그림 같은 풍광이 펼쳐지는 곳들을 포토존으로 소개하니 손님들은 대만족이었다. 호응이 가장 컸던 곳은 태평양이 사방을 둘러싼 곳에 외롭게 서 있는 '포인트 로마(Point Loma)'의 등대였다.

그곳에서 나는 관광객들의 뒷모습을 한 번씩 찍어주었다. 그들이 모처럼 '앞통수'로 경치를 감상할 때 가만히 뒤에서 셔터를 누른 것이다. 스페인어 '로마(Loma)'는 '언덕(hill)'을 뜻한다. 그 언덕길을 내려가는 사람을 뒤에서 카메라 렌즈로 보면 하늘과 바다와 숲이 가로로 3분의 1씩 배경에 깔린다. 그 탁 트인 배경 안에 사람들의 뒷모습을 살짝 얹으면 자연과 벗하며 인생길을 담담히 걸어가는 듯한 호젓한 작품이 완성된다. 이렇게 촬영한 사진을 손님들은 좋아했고 나 역시 이곳에서 아들이 찍어 준 뒷모습을 SNS 프로필 사진으로 오래 걸어놓았다.

뒷모습은 의도적으로 꾸미기가 힘들다. 감정을 드러낼 얼굴이 없기에 오히려 더욱 정직한 속마음이 전해오는 듯하다. 형언하기 어려운 삶의 무게가 한 사람의 어깨와 등에서 고스란히 느껴지는 것처럼, 기쁨보다는 안타까움과 외로움이 도드라지는 게 뒷모습의 특징 같다. 투어가이드하다가 인간의 뒷모습에 매료된 나는, 작가 하완이 측면 훔쳐보기에 집착했던 것처럼, 앞에 가는 사람들의 뒷면을 유심히 살피곤 한다. 신기하게도 거기에서 '뽀샵질'로는 만들어 낼 수 없는, 많은 진실들을 만난다.

순번을 기다리며 진료실 밖 의자에 앉아 있는 환자의 절박함. 수술장에서 나와 터덜터덜 연구실로 돌아가는 외과 의사의 안도감. 병실 복도에서 커다란 식사 카트를 힘겹게 밀고 다니시는 영양과 아주머니의 사명감. 이 모두가 그들의 뒷모습에서 물씬 묻어난다. 얼굴의 특징을 잡아내기엔 측면이 좀 더 나을지 모르지만, 마음의 특징은 이렇게 뒷면에서 더 생생하게 살아난다. 일찍이 '뒷모습'에 천착했던 미셸 투르니에의 말을 기억하자. '고로,

뒤쪽이 진실이다'.

왕가위 감독의 영화 <화양연화>에서 연두색 치파오를 곱게 입은 장만옥은 사랑하는 사람과 함께 싱가포르로 떠날 수 없음에 눈물을 흘린다. 그녀가 앉은 침대 뒤로 두 면을 맞댄 반신 거울이 놓여 있고 거기에 각각 그녀의 옆 모습과 뒷모습이 동시에 비친다. 눈물이 뚝뚝 떨어지는 정면 혹은 측면 얼굴보다 거울에 비친 뒷모습이 진실로 훨씬 더 서럽고 슬프다.

눈물과 화분의 관계

  유대인 수용소의 사령관 뮬러는 한쪽 눈이 의안이었
다. 독일의 탁월한 기술력이 자신의 의안마저 진짜를 능
가할 정도로 정교하게 만들었다고 자랑하던 그는 한 번
씩 기분이 안 좋을 때마다 유대인 포로를 불러내 심통을
부렸다. 자신의 두 눈 가운데 어느 쪽이 가짜인지 맞혀보
라는 질문을 한 것이다. 정답을 말하면 순순히 돌려보냈
지만 틀리면 그 자리에서 총으로 쏴버렸다. 어느 날 '야
곱'이라는 유대인이 이 죽음의 퀴즈 자리에 끌려 나왔다.
사령관의 질문에 야곱은 조심스럽게 왼쪽 눈이 가짜라고
말했다. 정답을 너무 빨리 알아맞힌 게 신기했던 뮬러는

비결이 무엇인지 물었다. 야곱의 대답은 이랬다. "왼쪽 눈빛이 더 따뜻했습니다."

주제가의 선율이 지독히 오래 머릿속에 맴도는 영화 <글루미 선데이>의 한 장면이다. 2차 대전 중 유대인이 경영하던 헝가리 부다페스트의 한 레스토랑에 독일군 장교들이 식사하러 들이닥친다. 그들은 한때 친구였던 식당 주인에게 유대인 농담이라도 좋으니 어디 재미있는 이야기 하나 해보라고 거만하게 요구한다. 그에 대한 답으로 주인이 들려준 게 바로 이 '의안' 조크다. 영화 속에서 좌중을 일순 긴장하게 만들던 이 의미심장한 이야기가 욕실에서 세수하고 거울을 보는 내 머릿속에 불쑥 떠올랐다.

거울에 비친 눈꺼풀 주위 염증이 여전히 가라앉지 않고 있다. 얼마 전 우리 병원 안과 과장이 진찰하면서 눈썹도 몇 개 뽑고 많이 곪은 부분은 째고 짜고 했는데도 그렇다. 안과에서는 거창하게 '마이봄샘 염증(meibomitis)'이라고 부르지만 그게 그냥 흔한 '속다래끼'라는 소리. 어쨌든 이것 때문인지 눈이 뻑뻑하고 자주 충혈된다. 거울에 비친 내 눈빛은 피곤하고 흐리멍덩하기가 얼린 명태를 연상시킬 것 같다. 탁하고 찐득한 안연고까지 수시로 발라대니

설상가상이다. 사람의 눈빛에서 온도를 감지했던 유대인 수용소의 야곱이 보았다면 아마 독일 나치의 냉혹함을 넘어, 영화 <어벤져스>의 타노스 같은 범우주적 빌런의 분위기를 느끼지 않을까.

속이 상했다. 어릴 적 사진 속의 내 눈빛은 별처럼 초롱초롱 빛나고 시냇물처럼 맑은데 언제부터 이렇게 되었는지…. 사실 억지로 무슨 '마이봄샘 염증' 같은 걸 핑계 삼고 있지만 영롱했던 눈빛이 사라진 이유를 난 잘 알고 있다. 눈물이 말랐기 때문이다. 반짝반짝 사랑스러움이 넘쳐나는 아기들의 눈빛을 떠올려 보면 이해가 간다. 울고 싶을 때 언제든 한바탕 눈물을 쏟아낼 수 있는 아기들은 늘 눈가에 여분의 눈물이 돌고 있다. 그러기에 호수같이 촉촉한 눈빛을 지니는 것이다. 하지만 아기가 자라면서 상황이 달라진다. 울고 싶다고 다 울면 안 되고, 어지간하면 참아야 한다는 걸 배우면서부터 눈물이 마르기 시작한다. 그 결과 준비된 눈물은 점점 소진되고 이내 어린 시절의 그 맑고 영롱한 눈빛을 잃는다. 나도 그렇게 된 거다.

'눈물이 마르면 화분 하나를 사요.'

우리 진단검사의학과 여선생님들과 병원 앞 중국집에

점심을 먹으러 나가던 어느 날, 매번 지나던 길가의 작은 꽃집 유리창 글귀가 새삼 눈에 들어왔다. 사랑과 정성을 쏟을 수 있는 대상으로 화분을 들여놓으면 사라졌던 감성이 되살아나면서 눈물 역시 조금씩 회복된다는 뜻 아닐까. 일단 말랐던 눈물샘이 회생한다면 나의 퀭한 눈빛도 생기를 찾을 것 같은 희망이 보였다. 꽃이건 선인장이건 화분을 하나 사야겠다는 충동이 막 피어오르려는 찰나 우리 과 한 여선생님의 친절한 설명이 급작스러운 실망감을 안긴다.

"저게 말이죠. 식물을 키우면 걔가 실내 습도를 높여서 안구건조증 환자에게 도움이 된다는 뜻이에요. 흐흐, 나름 과학적인 마케팅이네요." 그러나 안구건조증 치료 목적으로 화분을 들여놓으라는 설득에는 별로 마음이 움직이지 않았기에 꽃집에 들어가지 않았다. 스스로 방구석 식물 키우기의 달인이라 생각하는 여선생님으로부터 이과 출신다운 설명을 들었지만 나는 거기에 동의할 수 없었다.

이후 인터넷 검색을 통해 꽃집 유리창의 문구가 함선영이라는 분이 펴낸 시집의 제목이었음을 알게 됐다. 그러니까 내가 예상했던 것처럼 '화분을 산다'는 행위에는 '시심(詩心)을 회복하기 위해서'라는 문학적 목적이 어느 정도 들어있었음이 틀림없다. '파도가 넘쳐서 너의 발을 적신 건/ 고래도 가끔씩 울기 때문일 거야'라는 식으로 가슴을 파고드는 두 줄짜리 시가 가득 담긴 작은 시집. 파도를 보며 고래의 눈물을 떠올린 함선영 시인을 생각하면 왠지 내 눈에 눈물을 다시 솟게 하는 방법을 알 것도 같았다.

다 큰 어른이 한 번씩 남 눈치 안 보고 실컷 우는 데는 병원이 괜찮은 환경이다. 우리 같은 암병원에서는 곳곳에서 분노와 기쁨, 낙심과 안도가 교차하기에 눈물이 흔하다. 매일매일 삶과 죽음의 기운이 치열한 싸움을 벌이는 까닭에 복도에서 벽을 붙잡고 눈물 흘리는 분들도 자주 볼 수 있다. 나 역시 우리 병원에서 좋아했던 의사 선후배들을 먼저 보낸 적이 있다. 작년에는 아버지도 이곳에서 돌아가셨다. 그런데 그때마다 마음은 찢어지게 아팠으면서 눈물은 조금밖에 나오지 않았다. 어떻게 해서든 울음을 삼키려 애를 쓴 까닭이었고 그럴수록 내 눈빛은 흐려져 갔을 것이다.

만성 마이봄샘 염증에서 벗어나기 위해서도, 눈빛이 독일군이나 우주 악당 닮았다는 소릴 듣지 않기 위해서도 이제부터 눈물을 좀 더 활발히 생산해 내고 싶다. 화분이 실내 습도를 높여 만성 안구건조증에 도움을 준다는 것은 아주 조금만 사실이다. 화분 속 작은 꽃송이 하나, 난초 이파리 하나가 영혼의 샘을 건드리고 그 울림이 눈물로 이어지기에 뻑뻑했던 눈이 부드러워지는 것이다. 분명히 멋진 음악도 화분과 동일한 패스웨이(pathway)를 따를 것이라 믿기에 노래 한 곡을 크게 틀어본다. 헨델의 '울게 하소서'.

번역 중에 사라지는 것들

오래도록 소식을 몰랐던 초등학교 여자 동창생이 어느 날 지상파 방송 메인 뉴스의 앵커로 등장한다면 무슨 생각이 들겠는가. 내 경우엔 놀라움에 이어 동창으로서 왠지 모를 뿌듯함이 잠깐 스쳤고 그다음엔 '아, 옛날에 좀 더 친하게 지낼걸' 하는 속물스러운 후회가 살짝 밀려왔다. 그렇게 레지던트 시절의 나를 당황시켰던 그 친구는 1~2년 남짓 방송에서 얼굴을 보여준 뒤 홀연히 사라졌다. 다시 20여 년이 훌쩍 지나 그 이름을 우연히 발견한 건 대형서점 신간 코너에서였다. 집어 든 책의 표지 안쪽을 보니 그녀는 미국 생활을 오래 하다가 귀국한 전문 번역가로 소개되고 있었다. 평소 별 관심 없는 분야의 책이었으나 반가움에 냅다 구매했다.

이후 내게서 뭔가 갑작스러운 열정 같은 게 피어나는 걸 본 우리 과 전공의 선생은 이유를 묻더니 회심의 미소와 함께 출판사에 전화해 번역자 연락처를 문의하는 오지랖을 보여주었다. 물론 출판사가 그걸 알려줄 리 없었고 난 졸지에 스토커 비슷한 혐의를 받았을지 모르겠다. 실은 나 역시 평소 번역에 관심이 많았기에 늘 전문 번역가 멘토가 한 사람 있었으면 하던 참이었다. 하지만 더 이상 오해받기는 싫어서 그냥 안정효 선생의 명저 <번역의 테크닉>을 바이블 삼아 교과서 같은 전문 의학서적이 아닌 첫 대중서 번역에 돌입했다.

물론 대중서라 해도 문학작품을 번역할 실력이 안 되는 나로서는 그저 미국 의사가 일반 대중을 상대로 쓴 책 중 맘에 드는 메시지가 담긴 원서를 골라야 했다. 첫 번역서의 제목은 <과잉진단(Overdiagnosis)>이었는데 이 책에는 무턱대고 건강검진을 과신하고 과용하다가 어떤 불이익을 받을 수 있는지에 대해 자세한 설명이 담겨 있다. 잘 아는 출판사 사장님이 흔쾌히 출판을 허락해주었고 발간

직후 당시 대한민국에서 세계 1위의 증가율을 보이던 갑상선암에 대해 문제의식을 가진 일부 의사 그룹이 권장도서로 홍보해 주었다.

두 번째 책은 출판사의 요청에 의해 번역하게 됐다. 의사가 일반인을 위해 쓴 일종의 영양학 관련 서적으로 원제를 직역하면 <죽지 않는 법(How not to die)>이었다. 출판사 편집회의 끝에 번역판에는 <의사들의 120세 건강 비결은 따로 있다>라는 장황한 제목이 붙었다. 원서건 번역서건 제목에는 좀 과장이 보태졌으나 내용에는 실천 가능한 식이요법 팁들이 많았고 건강식품들에 관한 최신 의학 연구 결과들이 객관적 근거로서 제시되고 있었다.

처음에 나는 주로 자투리 시간을 이용해서 번역 작업을 했다. 그게 시간을 알뜰히 활용하는 지혜라고 생각했다. 하지만 아무리 내게 친숙한 건강 분야 실용서들이라 해도 안정효 선생의 가르침처럼, 문맥에 가장 어울리는 단어를 고심해서 찾아내고 쉼표까지도 일일이 신경을 쓰며 문체마저 신중히 고민하다 보니 이 일은 조각조각이 아니라 따로 온전히 할애한 시간에 해야 한다는 것을 깨달았다. 그런데 그렇게 온갖 정성을 다 기울였음에도 다시 읽어보면 번역해 놓은 결과물에서 원문의 의미가 사라지는 것들이 제법 있었다.

'번역 중에 사라지다(Lost in translation)'. 번역가들에게 유명한 이 말의 주어는 '시(poetry)'라고 알려져 있다. 확실한 근거는 찾을 수 없으나 미국 시인 '로버트 프로스트'가 남긴 말이라고 믿는 사람들이 많다. 아무튼 원문에 비해 번역된 시의 감흥이 얼마나 떨어지는지 경험한 사람은 이 말을 쉽게 이해할 것이다. 특히 어순도 압운도 상이한 우리말과 영어의 경우 번역하는 순간에 사라지는 것들이 적지 않기에 시는 번역이 아예 불가능하다고까지 말하는 사람도 있다.

영화 <대부>의 감독 프란시스 코폴라의 딸 소피아 코폴라는 이 'Lost in translation'이란 문구를 자기가 직접 만든 영화의 제목으로 사용했다. 빌 머레이와 스칼렛 요한슨이 주연한 영화 <사랑도 통역이 되나요?>는 우리말 제목을 재치 있게 붙였지만 내용과 제목이 쉽게 연결되지 않는다. 중년 유부남과 젊은 새댁이 일본 여행 중 우연히 만나 서로에게 애틋하게 끌리는 이 영화의 하이라이트는 마지막 장면이다. 동경 거리에서 남자가 여자를 끌어

안고 귓속말을 한다. 당연히 관객들에겐 들리지 않고 자막으로도 번역되지 않는다. 귓속말 후 둘은 '쿨'하게 헤어진다. 도저히 번역이 안 되거나 번역 중에 의미가 사라지기 일쑤인 불완전한 우리의 언어를 뛰어넘어 마음으로 전달되는 진실이 있다는 것. 감독은 그걸 보여주고 싶었나 보다.

정의상 번역은 서로 다른 언어 간의 의미 전달이지만 같은 언어 내에서도 정확한 번역이 필요할 때가 있다. 영화에서 다루었듯이 속마음을 번역하는 것 말이다. 종종 오해와 답답함이 크다면 그 상황 역시 'Lost in translation'에서 기인하지는 않을까. 매달 접수된 '고객의 소리'를 담당자가 요약해서 병원장에게 보고하는 문서를 보면 이걸 절실히 느낄 수 있다.

원무과 접수창구에서는 대기 고객들의 편의를 위해 번호표를 발행한다. 직원이 그걸 받아서 곧바로 쓰레기통에 버리는 게 기분 나쁘다고 항의한 환자가 있다. 병원 현관에서 코로나 방역을 위해 문진하는 직원들은 앉은 자세로 서 있는 고객들을 상대한다. 그러다 보니 눈을 치켜뜨게 되는데 이를 째려본다고 느낀 보호자의 민원도 있다.

수술 후 상처가 아물지 않고 피부염까지 생겼지만 주치의가 대수롭지 않게 말한다고 울분을 토한 환자도 있다. 분명 우리말이었으나 당사자들의 마음을 번역하는 과정에서 뭔가 사라진 것들이 있음을 나는 안다. '제발 나를 존중해 주세요', '한 마디 따뜻한 위로가 필요해요', '내가 많이 불안합니다'라는 사려 깊은 번역들이 마땅히 더 있었어야 했다.

　나의 세 번째 번역 원고는 아직 출간하지 못했다. 생뚱맞지만 '탁구의 철학'에 관계된 책인데 시장성이 별로 없다고 판단한 출판사에서는 난색을 보인다. 그 덕분에 혹시 번역 중에 사라진 것들이 초고에 없는지 검토해 볼 시간은 많아졌다. 어쨌거나 대략 이 정도 경력이면 초보는 면했으니 우리 전문 번역가 동창을 한번 만나봐도 괜찮지 않을까.

필화(筆禍)의 교훈

"그는 자신의 그 꼴 같지 않게 교통순경의 제복을 닮은 수위 제복을 여간 자랑스러워하지 않는 눈치였다. 하여튼 세상에 남자 놈치고 시원치 않은 게 몇 종류가 있지. 그 첫째가 제복 좋아하는 자들이라니까. 그런 자들 중에는 군대 갔다 온 얘기 빼놓으면 할 얘기가 없는 자들이 또 있게 마련이지."

작가 한수산이 1981년 중앙일보에 연재하던 소설 <욕망의 거리>에 등장했던 구절이다. 수위의 '제복'은 자연스레 '군대'로 이어지고 허구한 날 군대 얘기만 늘어놓는 시원찮은 일부 남자들 이야기로까지 번진다. 사실 이런 부류의 군상은 요즘도 주위에서 심심찮게 볼 수 있으니 뭐 특별한 얘깃거리도 아니지 않은가. 하지만 그때가 대한민국 제12대 전두환 대통령이 취임한 직후라는 게 문제였다. 신군부가 중심이 되어 오로지 '정의 사회를 구현하겠다'는 숭고한 일념으로 출범한 정권 앞에서 일개 소설가 따위가 군인을 비아냥거리다니.

한수산과 중앙일보 관계자들은 즉각 국군보안사령부 서빙고 분실에 연행되어 모진 고문을 당했다. 이후 국내에서의 창작활동에 회의를 느낀 한수산은 절필을 선언하고 일본으로 떠나야 했다. 훗날 이때의 고문 상황을 여러 매체에 기고했던 당시 중앙일보 문화부장 정규웅은 "이 사건은 새 정부와 군사 정치의 막강한 힘을 과시해 보자는 의미 이상의 아무것도 아니었다"라고 술회한다.

감히 한수산의 혹독한 경험과 비교할 수는 없지만 나역시 '필화' 비슷한 걸 겪은 적이 있다. 아직 인터넷이 널리 보급되지 않았던 20세기 말, 대중들이 자기 생각을 자유롭게 표현하고 토론할 수 있었던 중요한 언로(言路) 하나가 'PC 통신'이었다. 그 효시라 할 수 있는 '하이텔' 게시판에 나는 많은 글을 올렸다. 나중엔 하이텔 측에서 별도의 방을 마련해주었기에 한동안 일종의 '기명 칼럼니스트' 노릇을 하기도 했다.

인생 경험이 일천한 30대 중반의 내가 주된 글감으로 삼았던 것은 그때그때 신문을 장식하던 시사 이슈들이었다. 지금 식으로 말하자면 뭔가 '공정하지 못하고 정의롭지 못한' 사회적 문제들에 대해 분노와 울분을 토해낼 때가 많았다. 날이 서고 격정이 가득한 글을 올릴수록 사이버 공간에서의 박수 소리는 커졌고 자만해진 나는 점점 과장되는 감정을 다스리기가 어려웠다. 그러다 기어이 문민정부 말년 온갖 권력형 비리에 개입했던 김영삼 대통령의 차남 김현철을 향해 독설을 쏟아놓고야 말았다.

통일 신라 시대의 유명한 문장가 최치원이 당나라 유학 시절 지었다는 <토황소격문>을 패러디하여 김현철을 준엄하게 꾸짖은 그 글은 당시 하이텔 이용자들에게 '사이다' 같은 후련함을 선사했다. 얼마 뒤 그걸 즉시 삭제하라는 한 통의 괴전화를 받을 때까지 나는 대중들의 환호로부터 기인한 우쭐함에 사로잡혀 있었다. 문제의 전화는 국군보안사령부가 이름을 바꾼 국군기무사령부에서 온 것이었고 그때 난 진해 해양의학적성훈련원과 국군포항

병원을 거쳐, 마지막 해를 국군서울지구병원에서 근무하라는 명령을 막 받은 군의관 신분이었다.

청와대 옆에 위치한 국군서울지구병원의 주된 기능은 그때나 지금이나 국가원수와 그 가족들을 진료하는 것이다. 그러하기에 거기 근무하는 장병들은 엄격한 신원조회를 통과해야 한다. 내가 PC 통신에 올린 글이 주목을 받게 된 것도 이 과정에서 일어난 일이라 짐작된다. 지나치게 순수했거나 혹은 지나치게 순진했던 나는 글을 지우라는 상부의 지시가 부당하다고 생각했다. 내 글에 틀린 데가 있으면 어디 한번 당신들이 콕 짚어보라고 항의하고 싶었다. 그렇게 글 삭제를 차일피일하는 사이 나의 서울지구병원 전입 명령은 취소되었고 어이없게도 의무사령부 산하의 징계위원회에 출석하라는 연락이 왔다.

징계위원회 직후 나는 군인의 신분을 망각하고 정치 성향이 다분한 글을 공공연히 게시했다는 이유로 졸지에 백령도 근무 발령이 났다. 서슬 퍼렇던 이전 군사 정권들과 달리 명색이 문민정부였으니만큼 더 이상의 억지 혐의를 씌우긴 어려웠었나 보다. 이 소식을 듣자마자 나를 아끼던 국군포항병원장이 급히 서울로 달려왔고 의무사령관에게 간곡하게 선처를 호소한 끝에 난 불과 몇 주 전에 송별회를 마치고 온 포항병원으로 되돌아갈 수 있었다. 포항의 동료들은 고맙게도 격하게 환영해주었고 이후 나의 마지막 군 생활 1년은 그들과 함께 '행복하게' 그러나 '얌전하게' 막을 내렸다.

다만 유감스럽게 나의 필화 사건에는 일사부재리의 원칙이 적용되지 않았다. 전역 직후 전임의 근무가 확정되었던 한 대형병원에서 어느 날 행정부원장이란 분이 급히 날 불렀다. 그의 책상 위에 내가 군의관 시절 하이텔에 올렸던 글들이 프린트되어 수북이 쌓여 있는 걸 보고 그가 무슨 말을 할지 직감했다. "홍 선생님, 글은 잘 쓰시네요. 그런데 우리 병원의 폴리시와는 좀 안 맞는 분인 것 같습니다." 내 글이 주변 사람들을 선동할 가능성이 있다고 판단한 그 병원 집행부의 전격적인 결정으로 나는 전임의 오리엔테이션 중에 내침을 당했다.

23년 전 원자력병원은 그렇게 실의에 빠졌던 나를 흔쾌히 받아 준 곳이다. 공공기관답게 느슨하고 엉성한 구석도 많지만 직원들은 소탈하고 동료들은 성실하다. 누구의 간섭도 없이 스스로 목표를 정하고 그것을 향해 달려갈

수 있게 해 준 고마운 곳. 나의 첫 직장이자 마지막 직장
이 될 이곳에서 가끔 산책길에 옛 필화의 교훈을 되새겨
본다. 일시적 흥분에 휩싸여 무르익지도 않은 생각을 글
로 옮기지 말자. 신랄하게 누군가를 비판하고 잘못을 지적
함으로써 카타르시스를 느끼기에 앞서 늘 나 자신을 먼저
돌아보자.

　갈등과 분열의 글이 아니라 공감과 위로의 글을 쓸 수
있게 하는 원동력이 된다면야 나의 필화는 어쩌면 고난
으로 위장한 선물이었을지도 모르겠다. 한수산도 군사정
권을 용서했다고 말하는데 내가 겪은 그 정도 군대 부조
리쯤이야….

어느 간병인의 슬픔과 웃음

얼마 전 '슬픈 이야기를 웃기게 쓰는 법'이란 제목의 한 일간지 칼럼을 인상 깊게 읽었다. 극작가이며 연출가인 오세혁이 대학에서 진행하고 있는 자신의 글쓰기 수업을 소개한 것이다. 수업 중에 그가 학생들에게 요구하는 건 먼저 각자 인생의 가장 슬펐던 순간을 떠올린 다음 그걸 어떻게든 웃긴 이야기로 바꿔서 A4 한 장에 써내라는 거다. 당황해하는 학생들에게 예시 삼아 오세혁은 자기의 스토리를 먼저 들려준다.

중학생 시절 뭔가 잘못을 저지른 오세혁은 자기 방에 들어가 이불을 뒤집어쓰고 일찌감치 자는 척을 하고 있었다.

술에 취해 한밤중에 들어온 아버지는 거실에서 아들을 때려줘야겠다고 중얼거리시다가 마침내 방에 들어오셔서 그의 발을 집어 드셨다. 눈을 꼭 감고 있던 오세혁이 드디어 이제 얻어맞는구나 싶어 발에 온 에너지를 집중하려는 찰나, 아버지는 처음으로 아들의 발이 평발임을 발견했다. 갑자기 요리조리 살피며 '연구 모드'에 돌입하신 아버지. 그러다가 심지어 발을 막 간지럽히기까지 하셨다고. 발을 간지럼 태우니까 '웃기는 이야기'는 맞는데 그럼 슬픔은 어디에 있을까.

그의 추억은 이렇게 이어진다. "아버지는 한참 동안 제 발을 간지럽히다가, 갑자기 발을 껴안고 우셨어요." 당시 그는 사정상 아버지와 둘이 살고 있었고 집에는 전기가 끊긴 지 오래라 밤마다 촛불을 켜놓고 있었단다. 남들다 누리는 최소한의 편의조차 자식에게 제공하지 못하니 그 촛불이 미안해서 아버지가 우신 거란다. 글의 문맥으로 보건대 이후로 오세혁은 중학생 시절의 '촛불'로 상징되는 슬픔이 그의 앞에 다시 찾아올 때면 아버지의 '간지럼'을 떠올렸을 테고, 미소와 함께 그 고단한 환경들을 잘 극복해 갔으리라 짐작된다.

칼럼에 등장한 '인생의 가장 슬펐던 순간'과 '아버지의 울음'이란 문구들은 자연스럽게 작년 여름에 우리 병원에 입원하셨던 내 아버지를 생각나게 했다. 아버지는 말초신경을 감싸고 있는 '수초(myelin)'가 떨어져 나가면서 여러 신경계 증상이 동반되는 희귀질환을 오래 앓으셨다. 뾰족한 치료법은 없었지만 하지 마비가 진행되면서 통증이 너무도 심해졌기에 부득이 병원에 모실 수밖에 없었다.

입원 후 부딪힌 첫 난관은 정맥 확보였다. 수액과 면역억제제 주사를 위한 혈관 찾기가 쉽지 않았다. 몇 차례 간호사들이 실패하자 구원투수로 우리 소아청소년과 과장이 나섰다. 혈관이 만져지지도 보이지도 않는 갓난아기에게까지 자유자재로 주삿바늘을 꽂는다는, 자타공인 '정맥주사의 달인'이 팔을 걷어붙였으니 안심이 됐다. 그런데 한참 동안 신중하게 혈관을 찾던 그가 아버지 팔뚝에 네임펜으로 표식을 하고 바늘을 막 찌르려는 순간, 갑자기 고개를 절레절레 흔들더니 안경을 벗어 이마 위로 걸친다.

아아, 주사 달인의 명성은 옛날이야기였다. 자신에게도 어느새 심한 노안(老眼)이 찾아온 걸 잊고 있었나 보다. 제대로 끼고서는 도저히 초점을 맞출 수 없었기에 그는 안경을 머리 위로 급히 젖혀 놓고 눈까지 찌푸리며 혈관을 다시 더듬거려야 했다. 이 상황은 그에 대한 좀 전의 신뢰를 여지없이 무너뜨리기에 충분했다. 신기하게도 아버지 병환 때문에 마음이 무거웠던 나는 노안으로 버벅거리는 우리 소아과 선생의 모습에 잠시 웃을 수 있었다. 자신 있게 달려왔다가 안경까지 벗고 식은땀 뻘뻘 흘리며 난감해하는 그 표정이 얼마나 딱하던지.

아버지 상태가 점차 나빠지면서 입원 기간 또한 길어졌기에 나는 자청해서 간병인 역할을 떠맡았다. 코로나 사태로 환자 면회가 전면 금지되고 가족들이 서로 돌아가며 간병하는 것도 쉽지 않았는데 마침 직장 회식이나 일과 후 회의가 싹 없어진 까닭에 저녁에 내가 병상을 지키는 게 가능했다. 낮에는 병원 일을 하다가 저녁 식사 이후부터 다음 날 아침까지는 아버지 곁에 있다 보니 행정 서류와 각종 책자들이 점점 병실에 쌓여 갔다. 그렇게 병원에 기거하며 토요일 오전에만 빨랫감 싸 들고 잠깐 집에 다녀오는 생활이 지루한 장마철 내내 이어졌다.

간병한다고 밤마다 병원장이 병실에 버티고 있으니 한동안 간호사들이 많이 불편해했다. 특히 신규 간호사들은 심야에 '바이탈'을 체크할 때 행여 내가 잠에서 깰까 살금살금 들어와서 최대한 조용하게 아버지의 상태를 측정한 뒤 후다닥 나가곤 했다. 그러다 가끔 체온계를 두고 가기도 했다. 원래 난 늦게까지 밤잠을 잘 못 이루는 체질이지만 부담 주지 않으려고 간호사들이 들어올 때 깊이 잠든 척하는 경우가 있었다. 살짝 뜬 실눈으로 긴장한 신규 간호사들의 우왕좌왕하는 모습이 들어오면 눈치 없이 웃음이 터져 나올 것 같아 입술을 깨물기도 했다. 아버지의 병환으로 슬펐던 와중에 슬며시 내 얼굴에 미소가 피어올랐던 두 번째 기억이다.

아버지는 진균성 패혈증 증상이 나타나면서 의식을 잃으셨고 입원 두 달 반 만에 마침내 세상을 떠나셨다. 혼수에 빠지시기 직전 갑자기 "허허허" 하고 크게 헛웃음을 터뜨리시더니 한줄기 눈물을 흘리시던 아버지. 마지막으로 하신 말씀이 귓가에 또렷하다. "나 이제 간다." 어디 가시냐는 간병인 아들의 질문에 "하, 늘, 나, 라"라고 느리지만 분명한 발음으로 대답하셨다. 그게 아버지와 나눈 마지막 대화였다. 삶을 마감하는 시간, 비록 눈가는 조금 젖으셨지만 입으로는 크게 소리 내어 웃으셨던 아버지의 모습은, 지금 생각하니 슬픔에 빠진 가족들을 당신의 웃음으로 위로하시려 했던 속 깊은 배려 아니었나 싶다.

　"인생은 가까이서 보면 비극이지만 멀리서 보면 희극이다"라는 찰리 채플린의 말처럼 우리 삶에는 언제나 슬픔과 웃음이 뒤섞인다. 슬픔이 너무 아프지 않으려면 그것과 연결된 웃음을 떠올리는 게 제법 괜찮은 방법 같다. 오세혁이 '슬픈 촛불' 앞에서 '아버지의 간지럼'을 생각했듯이 나 역시 아버지와의 '슬픈 이별'로 힘들 때마다 소아과 선생의 '노안'과 신규 간호사들의 '허둥지둥', 그리고 아버지의 '헛웃음'을 떠올린다.

진단검사의학과 의사를 위한 변명

외과 의사 다이몬 미치코는 복부 장기는 물론이고 심장과 폐, 뇌와 척추에 이르기까지 거의 모든 외과 영역을 자유롭게 넘나들며 신기에 가까운 수술 솜씨를 발휘한다. 이력서에 취미도 수술, 특기도 수술이라 적는 게 괜한 소리가 아니다. 심지어 경마장에서 부상을 입은 경주마의 다리마저 거뜬히 수술해 내는 걸 보면 수의사 면허도 있는 것 같다. 2012년부터 2019년까지 매 시즌 20% 이상의 시청률을 자랑하던 일본의 의학 드라마 <닥터-X>의 주인공 이야기다. 고난도의 수술을 마칠 때마다 그녀가 내뱉는 대사, "와타시, 싯파이(失敗) 시나이노데

(나는 실패하지 않아)"는 일약 유행어가 됐다.

일본에 '닥터-X'가 있다면 대한민국에는 '낭만닥터 김사부'가 있다. 김사부 역시 국내에서 유례를 찾기 힘든 '트리플 보드'의 소유자로 일반외과, 흉부외과, 신경외과 이렇게 총 3개의 전문의 자격증을 가지고 있다. 당연히 천재적인 수술 실력을 갖추고 있지만 다이몬 미치코와는 결이 좀 다르다. 완벽한 다이몬이 '슈퍼맨'에 가깝다면 어딘가 그늘이 있는 김사부는 '배트맨'을 연상시킨다고 할까. 아무튼 그가 던지는 대사는 철학적이다. "일하는 방법만 알고 일하는 의미를 모르면 그게 의사로서 무슨 가치가 있겠냐."

예를 더 들 것도 없이 의학 드라마 속 멋진 주인공들은 죄다 외과 계열의 의사다. 피가 솟구치고 심장이 멎고 어마어마한 장기이식이 시도되는 수술실 상황이 반드시 등장해야 시청자들 눈길을 사로잡을 수 있으리라고 제작진이 판단하는 거다. 드라마에 그토록 많이 나오니 사람들은 정형외과와 성형외과 구분 정도가 조금 혼동될 뿐 대부분의 외과 의사들이 어떤 일을 하는지 잘 안다고 생각한다. 걸핏하면 "진단검사의학과 의사들은 무슨 일을 하세요?"란 질문을 받는 내겐 다소 부러운 대목이 아닐 수 없다.

언젠가 한 고등학생이 또 그 질문을 하길래 최선을 다해 답변해주려고 하는 순간, 학생의 어머니가 "얘야, 이 선생님 하시는 일은 하우스 박사가 하는 거랑 비슷하단다"라고 아는 체를 했다. 대체 이게 무슨 소린가 싶어 가만히 나도 설명을 들어봤더니 이 어머니가 당시 인기 있던 미국 의학 드라마 <하우스(House M.D.)>의 열혈 시청자였다. 대학병원 '진단의학과(Department of Diagnostics)'의 과장인 주인공 '그레고리 하우스' 박사가 하는 일을 내가 하는 일로 지레짐작한 거다. '하우스' 이름을 그날 처음 들은 나는 '오호, 드디어 우리 과 이야기도 TV 드라마로 나왔구나' 하는 반가움에 얼른 그걸 챙겨 보게 됐다.

아쉽게도 드라마 내용은 기대에 어긋났다. 정체불명의 괴질을 앓는 환자들에게 혈액 검사, 영상의학 검사 등 온갖 테크놀로지와 최신 의학지식을 총동원해서 기어이 진단을 내리는 하우스 박사. 희귀질환에 대한 그의 정확한 진단은 성공적인 치료로 이어져 환자의 생명을 구하고 시청자들은 환호한다. 하지만 이런 종류의 전문과목은 국내에는 확실히 없거니와 미국에도 정식으로 존재할 것 같지 않다. 드라마 역시 하우스 박사의 본래 전공을 '신장학(nephrology)'과 '감염병'으로 소개하지 않는가. 작은 단서들을 통해 범인을 밝히는 '셜록 홈즈'식 추리물과 비슷한 구성을 하려다 보니 '진단의학과'라는, 일종의 탐정 사무소가 필요했나 보다. 어쨌거나 우리의 '진단검사의학과'는 하우스 박사의 '진단의학과'와는 상당한 거리가 있다.

TV 프로는 아니지만 대중소설 중에는 진단검사의학과, 약칭 '진검(診檢)과' 의사들이 여러 명 주인공으로 등장하는 작품이 실제로 있었다. 김향숙 작가가 1988년 발표한 중편소설 <수레바퀴 속에서>가 그것으로, 한 대형병원 진단검사의학과에서 벌어지는 이야기다. 검사실의 새 장비 도입을 둘러싼 알력, 병원 내 노사 갈등, 진검과 선후배 의사들 간의 경쟁과 협력 등이 실감 나게 다뤄진다. 소설 속 '디테일'이 너무도 생생한 이유는 작가의 남편이 진단검사의학과 전문의였기 때문이다. 나는 재미있게 읽었지만, 이 소설의 흠이라면 일반인들에게는 대단히 심심하고 지루할 것이란 점이다. 소설답게 극적인 사건이라고는 하나도 찾을 수가 없다. 당연히 이 줄거리로 영화나 드라마 제작을 생각하는 사람이 있을 리 만무하니 '슈퍼히어로' 진검과 의사의 탄생은 언감생심일 수밖에.

진검과 의사들은 현미경 속 작은 세포나 세균 들여다볼 때를 제외하고는 근무시간 대부분을 숫자와 씨름하며 보낸다. 요즘은 유전자 검사의 발달로 ATGC 같은 암호의 해독도 주요 업무에 추가됐다. 얼핏 따분해 보이지만 이 일들이 어떻게 슈퍼맨이 크립토나이트 방사능을 피해 지구를 구할 수 있는지, 어떻게 배트맨이 첨단 장비를 사용해 위기에서 탈출할 수 있는지, 그런저런 비밀들을 알려주는 작업이라고 생각하면 제법 흥미진진하다. 최근에 타액에서 코로나19 진단을 30초 만에 할 수 있다고 주장하는 어떤 반도체 기술을 우리가 평가한 결과 임상 적용은 시기상조라고 결론 내린 것은, 자칫 어벤져스에게 불량무기가 공급될 뻔한 비극을 막은 사례다. 이 정도면 뭐 TV에 주인공으로 얼굴 내밀지 않아도 꽤 보람 있지 않겠는가.

헤르만 헤세가 쓴 <수레바퀴 아래서>의 '수레바퀴'는 삶의 험난함과 억압을 의미하지만, <수레바퀴 속에서>의 그것은 진단검사의학과를 둘러싼 복잡한 인간관계를 상징한다. 김향숙 작가가 세밀하게 묘사했듯이 동료 의사, 의료기사, 행정직원, 기기 회사 등등 환자 말고도 진검과와 바큇살로 맞닿아 있어 나란히 굴러가야 하는 여러 '관계'들은 이 과를 전공하는 자들의 시각과 태도가 기업 CEO를 닮아야 함을 알려준다. 현미경, 숫자, 암호에 둘러싸인 '마이크로' 세계만으로 진검과 의사의 전문성을 다 충족시킬 수 없는 이유가 거기에 있다.

병원을 휘젓고 다닌 환자가 뒤늦게 코로나 감염이 의심되어 검사를 받게 됐을 때, 우리 과 선생들은 반응 커브 해석을 위해 급히 PCR 장비 앞에 모였다. 양성이면 병동을 폐쇄할지도 모른다는 위기감에 기도하자고 내가 슬쩍 제안했더니 '기도'가 응답받으려면 '기부'를 같이해야 한다고 누군가 즉각 받아친다. 팽팽한 긴장을 풀어주는 진검과 의사의 센스요, 여유다. 결국 난 그 선생이 후원하는 유기견 보호협회에 돈을 보냈고 코로나 결과는 음성으로 나왔다.

'청렴·반부패' 병원의 조건

과거에 학교 급훈으로 단연 인기였던 단어는 '근면, 성실'이었다. 거꾸로 생각하면 게으르고 불성실한 학생들이 오죽 많았으면 곳곳에서 이런 구호를 외쳤을까 싶다. 마찬가지로 오랜 전통의 서울 한 사립고 교훈에 '청결'이란 덕목이 아직도 들어 있는 걸 볼 때마다 난 말쑥하고 깔끔한 그 학교 아이들을 떠올리기보다는 오히려 반대의 상상을 한다. 어떤 집단이 유독 강조하는 가치가 있다면 그게 잘 지켜지지 않아서 더욱 유난을 떠는 것 아닐까 생각될 때가 종종 있는 법이다. 마치 옛날 제5공화국이 '정의 사회'를 그토록 부르짖었던 것처럼.

우리 기관의 행정부장은 요즘 '청렴, 반부패' 활동을 위한 아이디어 수집에 여념이 없다. 공공기관들은 매년 국민권익위원회로부터 청렴도 평가를 받고 성적이 언론에 공개되기 때문에 이런 활동들이 매우 중요하다. 하지만 '청렴한 회사'를 만들어야 한다고 여러 사람이 위로부터 하도 스트레스를 받으니 옛날 급훈이나 교훈 생각이 나서 좀 씁쓸할 때도 있다. 대한민국의 모든 공공기관들이 청렴해지려고 이렇게 온갖 아이디어를 짜내며 애를 쓰는데 과연 그 결과는 만족스러울까? 우선 정곡을 찌르는 <채근담>의 한 구절부터 기억했으면 좋겠다.

"참으로 청렴함에는 청렴하다는 이름조차 없으니 그런 이름을 얻으려는 것부터가 바로 그 이름만을 탐욕함이다."

아쉽게도 청렴 문화의 정착은 오로지 개인의 각성과 자발적 노력만으로는 기대하기 어렵기에 부득이 사회적 압력이나 감사 활동 같은 강제적 조치들이 동반된다. '반부패 선언'이나 '공직기강 확립' 같이 권위적인 표현들이 이때 등장한다. 하지만 핵심을 건드리지 못하는 반부패 활동이 어떤 예상치 못한 부작용을 낳는지 우리 병원 사례를 하나 살펴보자.

그 선물이 하필 상하기 쉬운 '곱창'이었다는 게 문제였다. 간호사들 말에 따르면 퇴원한 환자의 보호자가 감사의 뜻으로 그걸 대략 2인분쯤 가져다주었단다. 신선도가 생명인 곱창은 냉동이건 냉장이건 오래 보관할 수 없는 음식이기에 급히 '처분일'을 잡을 수밖에 없었다. 우리 병원 모(某) 진료과의 간호사, 의료기사 등 4인은 그렇게 퇴근 시간 이후 외래 진료실 빈방에서 곱창 파티를 하기로 '모의'했다. 조리에 필요한 전열기는 입원 환자로부터 잠시 압수해 놓았던 걸 사용했다고 한다. 그러나 행운의 여신은 라면을 끓여 먹을 때처럼 너그럽지 않았다. 적당히 넘어가기엔 곱창 굽는 연기가 많이 났고 그 때문에 '사건'의 현장은 저녁 순찰 중이던 보안팀에게 딱 걸리고 말았다.

2018년 늦가을에 있었던 이 일은 엄중하게 주의를 한 번 받고 당사자들이 반성하는 선에서 끝이 날 수도 있었다. 하지만 '공직기강 확립'의 압박 때문이었을까. 누군가 이 사안을 그 정도로 끝내선 안 된다고 감사부서에 제보했다. 감사실은 거의 1년이 다 되어갈 즈음 '진료실에서 곱창을 무단으로 취식한 사건'에 대해 수개월 동안 조사했고 마침내 관련자들에 대한 징계처분 요구에까지 이르렀다. 징계 대상에는 얼떨결에 불려와 곱창 몇 점을 얻어먹은 레지던트 2명과 일차 보고를 받고도 별다른 조치를 취하지 않았던 상급자 한 사람도 포함되어 있었다.

전열기를 사용한 무단 취식이 안전관리 규정을 위반했고, 환자 보호자로부터 곱창을 사례로 받은 것은 직원행동강령을 위반했으며, 보고를 받고도 구두 질책만으로 끝낸 상급자의 일 처리방식도 미흡했다고 지적한 감사실 의견은 물론 타당하다. 하지만 이런 정도의 사건을 가차 없이 '일벌백계'함으로써 우리 병원이 더욱 청렴해지고 부패가 사라질까 하는 의문을 가질 즈음 설상가상의 일이 발생했다.

공공기관은 의무적으로 인터넷에 경영공시를 해야 하며 공시 내용에는 감사보고서도 포함된다. 언론사 기자들 가운데는 종종 감사보고서에 흥미 있는 기삿거리가 등장하기에 이것만 매일 모니터하는 사람들이 있다. 그런 기자들에 의해 '사건' 발생 1년 2개월 만에 올라온 우리 기관의 '곱창 취식' 감사보고서는 단신이지만 순식간에 여기저기에 기사화되기 시작했다. 언론이 주목한 건 어쩌면 사안의 중요성 여부가 아니라 '곱창'이라는 다소 의외의 먹거리가 '촌지(寸志)'로 주어졌다는 것 같았다. 만약 등심이나 삼겹살이었어도 이 정도로 떠들었을까 궁금하다. 급기야 인터넷 신문도 아닌, 버젓이 종이 신문까지 발간하는 전통 있는 한 언론사에서 제목을 이렇게 뽑았다. '초음파 검사실에서 곱창 구워 먹은 엽기의사'

1년 2개월 전, 지나가다 곱창 한 점 얻어먹은 걸로 졸지에 '엽기의사' 타이틀을 얻게 된 레지던트들은 그 기사를 보고 무슨 생각을 했을까. '재수 없게 걸렸네'라고 본인의 불운에 대한 한탄과 '아무리 그래도 이건 좀 심하지 않나'라는 처분 요구의 '불공정함'에 대한 분노가 뒤섞이지 않았을까. 적어도 '이제 더 청렴하게 살아야지' 하는 다짐이 있었을 것 같지는 않다. '썩기 쉬운 곱창을 빨리 먹어 없앤 게 오히려 진정한 반부패 활동 아닌가'라는 누군가의 빈정거림은 여차하면 청렴 캠페인이 희화화될 것 같은 염려마저 자아낸다.

청렴하고 부패하지 않는 병원을 만드는 데는 개개인의 의지와 실천이 필수 조건이다. 청렴과 끝말잇기로 이어지는 단어인 '염치(廉恥)'를 기억하자. 부끄러운 줄도 모르고 본인의 흠결이 노출되면 언제나 모든 게 운이 없는 탓이고 남들은 훨씬 더 하지 않느냐고 씩씩거리는 사람들이 30% 아래로 줄어들어야 한다. 배움과 각성을 통해 염치를 알고 부패의 유혹에 대한 항체가 있는 사람들이 점점 많아져서 직장과 사회가 '집단면역' 수준에 도달하는 것만이 청렴 국가를 이루는 유효한 방법 아닐까. '왜 나만 가지고 그래'가 통하지 않아야 한다.

아울러 본질과 동떨어진 '망신 주기'식 공직기강 확립은 당하는 개인에게 바람직한 깨달음을 줄 수 없다. '계도'는 실적만을 위해서가 아니라 깨달음을 주어 바르게 이끌기 위함이다. 곱창 얻어먹은 레지던트들이 비록 사려 깊지는 못했지만 '엽기의사'로까지 매도당한 것은 그 누구에게도 도움 되지 않는 일이었다.

향기 마케팅

작가 김훈이 2019년에 펴낸 산문집 <연필로 쓰기>에는 '밥과 똥'이란 제목의 에세이가 있다. 내용 중에 '똥'이란 단어가 엄청나게 많이 나온다. 호기심에 형광펜으로 칠해가며 한번 정확히 세어 보았더니 무려 261회다. 글의 전체 분량이 28쪽이니 한 페이지에 평균 9.3회의 '똥'이 등장하는 셈이다. 이것도 물론 '대변'이나 '분뇨' 같은 유의어는 제외한 숫자다.

김훈 특유의 장중한 문장으로 똥 이야기가 파노라마처럼 펼쳐지기에 마치 일생을 똥 연구에 매진한 사람이 그간의 수고를 집대성하여 최후의 강의를 하는 것 같은 경건함마저 글에 감돈다. 푸른 똥, 붉은 똥, 노란 똥 등등 똥의 색깔로 질병을 진단하는 '동의보감' 이야기가 나오고, 대나무 통에 똥물을 넣고 피스톤으로 전방에 분사하는 다산 정약용의 전쟁무기도 소개된다. 심지어 모세가 이스라엘 백성을 이끌고 광야를 떠돌 때 하나님이 똥을 어떻게 누어야 하는지 가르쳐주시는 성서의 한 장면도 등장한다(신명기 23장 12, 13절).

짧은 산문을 읽으면서 이렇게까지 몸을 여러 차례 떨어본 적이 또 있을까 싶다. 동서고금의 똥 이야기가 흥미롭지 않은 건 아니었지만 작가가 묘사하는 똥의 형태와 질감이 너무나도 사실적이고 구체적이어서 어쩔 수 없이 그와 연결된 온갖 냄새들을 끌고 오기 때문이다. 주체할 길 없는 식욕에 번번이 다이어트 계획이 수포로 돌아가는 분들께 일독을 권한다.

악취 제거를 위해 인류가 개발한 게 '향수'다. 향수의 본고장으로 잘 알려진 프랑스 남부도시 '그라스(Grasse)'는 애초에 가죽 산업이 번창한 곳이었고 가죽에서 나는 지독한 냄새를 없애려다 보니 향수 산업이 덩달아 발전하게 되었다고 한다. 나는 김훈의 글에서 배어나는 똥 냄새를 잠재우기 위해 화장실용 방향제며, 디퓨저, 그리고 양키 캔들 같은 걸 잇달아 열심히 상상해야 했다. 그렇게 정신적으로 '악취'와 '향기'를 오락가락하다 보면 문득 파트리크 쥐스킨트의 기괴한 소설 <향수>가 떠오른다.

'장 바티스트 그루누이'는 18세기 파리의 비린내 가득한 생선 시장에서 태어났다. 초인적인 후각의 소유자였던 그는 여인들의 체취를 향수로 담아내기 위해 연쇄살인까지 불사하는 악마와 같은 인물로 성장한다. 그라스에서 습득한 기상천외한 방법으로 여성들의 시신에서 향기를 뽑아내는 그루누이. 마침내 그것들을 한데 모아 뭇사람들을 환각에 빠지도록 하는 '궁극의 향수'를 만드는 데 성공한다. 영화로까지 만들어진 이 이야기는 음습하고 난해한 부분이 제법 있지만 어쨌든 읽고 나면 지금까지 놓치고 있었던 우리 주변의 냄새들과 나의 후각에 대해 관심을 가지게 만드는 것만은 분명하다.

가만 생각해 보니 난 서점에서 풍기는 책 냄새를 매우 좋아했다. 시간 날 때마다 광화문의 대형서점을 찾게 된 데에는 그곳 책에서 풍기는 은은한 내음이 한몫한다고 믿게 됐을 즈음 그 냄새가 인위적으로 만든 향수에서 기인

했음을 알게 됐다. 서점에서 자신들의 '시그너처 향'이라며 '책의 향(The Scent of Page)'이라 이름 붙인 향수를 판매하기 시작한 것이다. 속았다는 배신감도 잠시, 맡을수록 유칼립투스와 편백나무 향을 기반으로 만들었다는 그 향수가 마음에 들었다. 왠지 집중해서 책을 읽을 수 있게 해줄 것 같고 자꾸 공부하고 싶은 마음도 생기게 해줄 것 같은 기대감에 디퓨저 몇 개를 사서 병원 곳곳에 두었다.

이렇게 특정 향과 브랜드를 연관시켜 제품이나 기업 이미지를 강렬하게 만드는 감각 마케팅을 '향기 마케팅'이라 일컫는 걸 알았다. 고급 의류매장이나 호텔에서는 이미 오래전부터 도입한 방법이라는데 알고 보니 어느새 병원가에도 들어와 있었다. 아직은 주로 개인병원들 위주지만 향기 마케팅 전문 업체들이 현장에 직접 와서 기존 환경을 체크한 다음, 주로 방문하는 환자층에게 어필할 수 있는 최적의 향기와 그 농도 그리고 인테리어까지 두루두루 처방해 준다는 것이다.

당연히 우리 병원은 어떤 향이 어울릴까 하는 궁금증이 생겨났다. 지금 상태에서는 어떤 냄새가 나는지 외래와 병실을 다닐 때마다 킁킁거려 보기도 했다. 병원에서 소독약 냄새가 난다는 건 한참 옛말이고 한때는 로비에 은근하게 퍼지는 커피향이 세련된 병원의 상징처럼 여겨진 적도 있지만 그것도 다 흘러간 이야기라 임팩트가 없다. 병원 여기저기 다녀 봐도 병동 식사 때 '밥차'에서 풍기는 밥 냄새 말고는 뭐 특별한 건 없는 듯한데… 앞으로 기회가 된다면 여기에 어떤 향기를 입히면 좋을까.

지금은 퇴사했지만 오래전에 교환실에서 근무했던 직원 한 분은 부리부리한 눈 화장과 함께 엄청난 농도의 향수를 뿌리는 걸로 유명했다. 구석구석까지 그분의 동선을 전 직원이 다 알 수 있는 정도였으니까. 옛 추억에 미소 짓다가 그렇게 인위적인 향수가 아니라 나를 포함하여 직원들 한 사람 한 사람에게선 어떤 체취가 묻어날까 하는 데에 생각이 멈췄다.

주말마다 산으로 들로 다니며 버섯을 캐고 나물을 뜯어와 병원 사람들과 함께 나누는 전 홍보팀장에게서는 풋풋한 흙냄새, 풀냄새가 난다. 매사 깐깐하게 체크를 하지만 병원 일이라면 늘 열정적으로 솔선수범하는 자산장비팀장에게선 온돌 데우는 장작불의 냄새가 나는 듯하다. 수줍음은 좀 타지만 환자 말을 경청해주는 것으로 유명한 우리 정신과 과장에게서는 인사동 전통찻집의 그윽한 차향이 풍겨나는 것 같다. 성격유형 검사를 응용했다는 인터넷상의 '퍼스널 스멜' 설문 테스트를 재미 삼아 해 본 결과, 내게서는 '건조기에서 막 꺼낸 수건 냄새'가 나는 것으로 나왔다.

어쨌거나 우리 병원에 덧입히고 싶은 향기는 이렇게 '사람 내음'이란 결론에 도달한다. 그루누이처럼 기괴하고 파괴적인 방법이 아니라, 자발적이고 자연스러운 방법으로, 개성 넘치는 직원들 한 사람 한 사람의 체취를 차곡차곡 모아 갈 수 있다면 마침내 '궁극의 절대 향수'를 제조하는 게 현실에서도 가능하지 않을까.

현재와 과거의 대화

암 진료와 연구에 있어서 미국을 대표하는 메모리얼 슬론케터링 암센터(MSKCC)와 우리 원자력병원이 매년 서울과 뉴욕을 왔다 갔다 하면서 몇 차례 공동 컨퍼런스를 이어갔던 적이 있다. 이 일의 시작은 국제협력을 담당하는 그곳 부원장님 일행이 먼저 우리 병원을 찾아 양 기관의 파트너십에 대해 논의하면서부터였다. 첫 미팅에서 우리 기관 소개를 내가 맡았는데 그 어떤 학회발표 자리보다 더 긴장됐다. 세계적인 암센터와의 학술교류를 꼭 성사시켜야 한다는 부담이 컸고 그러자면 첫인상이 좋아야 한다는 압박감 때문이었다.

나는 국내 독보적인 암센터로서 우리 기관이 보유한 각
종 기록들, 그러니까 최초의 사이클로트론 개발, 최초의
사이버 나이프 가동, 최초의 PET-CT 도입 등등 방사선의
학 분야 여러 업적들을 자랑스레 보여주었다. 마지막 부
분엔 일부러 전날 월드시리즈 야구 최종전에서 아깝게
진 뉴욕 양키즈를 위로하는 슬라이드까지 끼워 넣음으
로써 폭소와 함께 큰 박수를 받았다. 순식간에 분위기가
좋아졌기에 우리 쪽에선 안도의 한숨을 내쉬는 가운데
곧바로 MSKCC 부원장님의 발표 차례가 이어졌다. 그날
그분의 자기 병원 소개는 지금까지도 기억에 생생한 감동
으로 남아 있다.

　슬라이드에는 처음부터 끝까지 사람들 얼굴만 등장했
다. 한 마디로 'MSKCC를 빛낸 분들'의 사진이었다. 시작
은 20세기 초반 MSKCC의 원장을 맡아 그곳을 일류 암
센터로 도약시킨 '유잉 육종(Ewing's sarcoma)'의 그
병리학자, 제임스 유잉의 얼굴이었다. 발표 중간쯤에는
MSKCC가 라듐을 이용한 암 치료로 명성을 쌓아갈 무
렵 그곳을 찾아 공동연구에 합류했던 마리 퀴리의 얼굴
이 보였다. 마무리 부분에서는 발암성 레트로바이러스

연구로 노벨상을 수상한 해럴드 바머스, 당시 MSKCC 원장님의 얼굴이 나타났다. 사이사이에 의학 교과서에서 봤던 친숙한 이름의 사진들이 무수히 열거되었음은 물론이다.

나는 그때의 인상적인 깨달음을 요즘 우리 병원 전공의 오리엔테이션 자리에서 종종 이야기한다. 역사는 사건이 아니라 사람이라고. 사람의 이야기가 곧 역사라고. 그러니 이 자리에 있는 여러분들 한 사람 한 사람이 장차 원자력병원의 자랑스러운 역사가 되었으면 좋겠다고. 그런 이야길 마치고 나면 대회의실 한쪽 벽에 걸려 있는 우리 기관 역대 원장님들의 사진이 다르게 보인다.

오래전 우리 집 서재에 굴러다니다 요즘은 보이지 않는 책 중에 <속상한 원숭이>란 제목의 수필집이 있다. 글쓴이가 내과 의사라 레지던트 시절에 특히 재미있게 읽었던 기억이 난다. 나중에 저자가 1970년대에 원자력병원 2대 원장을 지내신 고(故) 이장규 박사님이란 사실을 상기하게 됐을 땐 이미 집에서 그 책을 찾을 수가 없었다. 절판된 지 오래라 재구매도 불가능했기에 나는 가끔 대회의실 벽면의 그분 사진을 바라보며 혼잣말로 "원장님, 기억이

가물거리는데 그 원숭이가 왜 그리 속이 상했던 거였죠?"
하고 묻곤 했다.

그러다 최근 우연히 이장규 원장님의 수필 여덟 편을
발견했다. '한국의사수필가협회'란 곳에서 작고하신 선배
의사 다섯 분의 대표작들을 모아 2015년에 펴낸 책이 있
음을 알게 된 것이다. <잃어버린 동화의 시절>이란 제목
의 수필 선집에서 이장규 원장님의 지혜와 해학이 넘치
는 글들을 다시 만났을 때 난 반가움에 눈물이 핑 돌 지
경이었다. 정신없이 책장을 넘겼고 같은 글을 읽고 또 읽
었다.

"그 노신사는 정부 예산을 주름잡는 주무장관이자 부
총리인 T 씨. 그의 권유에 따라 차관, 차관보, 국장, 과장
까지 모두 건강 진단을 받았다. 그들 건강은 내가 요구하
는 연구소 신축을 위한 서류에 도장 하나 찍을 만한 기운
은 모두 가지고 있었다. - 중략 - 우리가 요구한 예산은 무
참하게 깎여 나갔다. '돈 보따리'들이 모두 사디스트로 보
였다."

<외상진찰>이란 수필에서 이 원장님이 겪었던 예산 확
보의 고충은 40년이 훨씬 더 지난 오늘도 똑같이 당하는

일이다. 나는 환자들을 염려하는 그분의 마지막 푸념에 울컥하면서 크게 공감했다. "아, 돈! 그게 도대체 무엇이기에 오늘 또 나는 그 가족들 팔에 매달려 있을 가련한 암 환자들의 모습을 보아야만 하는가."

<심기불편>이란 글에서는 낚시를 좋아하던 이 원장님이 그토록 월척 낚기를 고대했건만 노상 피라미만 걸리는 바람에 친구인 성심병원장님으로부터 '공 박사' 혹은 '허 박사'라 놀림 받는 장면이 나온다. 낚시는 늘 공치면서 허세만 부린다는 뜻이다. 성심병원장님이 월척을 낚아 만든 어탁에 분풀이하듯 '심기불편(心氣不便)'이라고 당신이 일필휘지해 버렸다는 에피소드는 이렇게 끝을 맺는다. "원자력 병원장실에는 어탁이 없다. 참으로 심기불편한 노릇이다."

'역사란 현재와 과거의 끊임없는 대화'라고 한 에드워드 카의 명언이 이후로 줄곧 머릿속에 맴돌았던 나는 이장규 원장님의 사진 앞에 수시로 가서 여러 가지를 물었고 그분이 남긴 글을 통해 해답의 실마리를 찾아보려 애썼다. 공공병원의 경영난 타개책, 스트레스를 다스리는 법, 말기 암 환자들을 대하는 자세 등등 두서없는 질문

이었지만 사진 속 그분은 까마득한 40년 후배에게 최선을 다해 따뜻하게 대답해주시려는 것만 같았다.

얼마 전 입원의학과 전문의(hospitalist) 전담 병동 오픈 행사에 참석했을 때 의례적인 인사말 요청을 받았다. 삼행시 짓기를 즐기는 나는 '원, 자, 력'의 운을 띄우라고 부탁했다. "원, 원칙에 충실합시다. 자, 자율적으로 일합시다. 력, 그리고 언제나 우리의 '역사(歷史)'를 잊지 맙시다."라고 말했다. 곧 창립 60주년을 맞이하는 우리 병원. 이곳을 발전시켜온 선배와 스승들의 얼굴을 기억하고 그들에게 끊임없이 말을 건네는 것. 이것이 우리 원자력병원 식구들이 가져야 할 역사의식 아닌가.

삼룡이

어릴 적 살던 집엔 작은 마당이 있었다. 할머니는 늘 강아지를 한 마리 키우셨다. 죽거나 실종되거나 하면 금세 어디선가 또 다른 놈을 얻어오셨기에 유년 시절 내 기억 속에는 언제나 강아지가 등장한다. 그중 한 녀석의 이름이 '삼룡이'였다. 재기발랄한 요즘 청년들은 '시고르 자브종'이라고 마치 유럽 어디의 고급 혈통인 양 발음한다지만 그저 흔한 '시골 잡종', 더 쉬운 말로는 '똥개'였을 뿐이다. '삼룡이'는 새끼 때 비척비척 걸음을 잘 못 걷는다고 해서 붙인 이름이다. 당시 '비실이'로 불리던 코미디언 배삼룡의 이름에서 따온 거다. 참고로 우리 집안 어른들은 개 이름을 우리말로 붙이기를 선호하셨다. 사촌 형님네 개는 '춘향이'였는데 아마 지조를 지키라 해서 그랬던 것 같다. 일생 동안 새끼를 스무 마리 넘게 낳긴 했지만.

삼룡이가 커가면서 반전이 생겼다. 덩치가 말도 못 하게 커지면서 힘이 엄청나게 세진 것이다. 힘만 세진 게 아니라 성격도 난폭해져서 동네 개들을 혼내주는 것은 물론이고 수틀리면 가끔 주인한테도 덤볐다. 알고 보니 이 녀석은 똥개가 아니라 '도사견'이었다. 일본 시코쿠의 '도사(土佐)'라는 작은 시에서 아예 작심하고 투견으로 개량한 종자였던 거다. 어린 내가 삼룡이 목줄 끄는 것을 버거워하는 걸 보시고 위험성을 직감한 아버지는 당장에 삼룡이를 친구분이 운영하시던 경기도 광주의 어느 양계장으로 보내 버리셨다. 양계장에는 절도나 야생동물의 침입을 막기 위해 크고 사나운 개들을 여러 마리 기르는데 삼룡이의 용도는 딱 그곳이 적합했다. 후일담이지만 양계장의 기존 대장견을 물어 죽이고 삼룡이가 '짱'이 되는 데는 시간이 별로 걸리지 않았다고 한다.

새삼 삼룡이를 떠올린 이유는 몇 가지가 있다. 우선 초등학교 친구 A 이야기를 해야겠다. 초등학교 때 날렵해서 축구를 유독 잘했던 것으로 기억되는 A가 허리가 아프다고 어느 날 우리 병원을 불쑥 찾아왔다. 오랜만에 만난 옛 친구가 반가웠지만 한편으로 조금 조심스러웠다. 그가 신촌 일대에서 일찌감치 이름난 '조폭'이 되었다는 이야기를 듣고 있었기 때문이다. 옛날보다 덩치가 엄청 커진 녀석은 다행히 사람 좋아 보이는 어린 시절의 미소는 간직하고 있었다. 차 한잔하면서 A의 지난 이야기를 들어보니 이건 무슨 조폭 영화 몇 개를 합성해서 보여주는 듯한 느낌이었다. 당연히 미화와 과장이 많이 들어갔겠지만 침 튀기며 격투 장면을 묘사하는 A의 현란한 말솜씨에 빨려들고 말았다.

어쨌든 일단 통증클리닉으로 A를 데려가서 아프다는 허리에 '신경차단술'을 받도록 했다. 등에 시술하려던 마취과의 원로 선생님은 꽤 놀라셨던 것 같다. 등짝에 커다란 용 한 마리가 꿈틀거리고 있으니 마취 주사 찌르다가 혹시 용 비늘이라도 손상될까 신경이 쓰이셨을지도 모르겠다. 녀석은 시술받고 나서 며칠 동안 신경외과에 입원을 했는데 잠시 문병하러 갔더니 병실에 '아는 동생'이 보초를 서고 있었다. 말로만 듣던 90도 인사를 그때 처음

받아봤다.

치료에 만족감을 느낀 A는 얼마 후 비슷한 증상을 겪는 친구를 한 명 데리고 왔다. 나한테는 '이태원 쪽에서 사업하시는 분'이라고 소개를 했다. 이번에도 통증클리닉에 가서 시술을 받도록 했다. 간호사의 전언에 따르면 이태원 쪽에 계시다는 그분의 등도 용 문신으로 가득했다고 한다. 마취과 선생님은 또 놀라셨을 것이고 내가 어디서 자꾸 이런 분들을 모시고 오는지 의아하게 생각하셨을 것 같다. 그때 이 이야길 전해 들은 고교 후배 하나가 이렇게 말했다. "용 두 마리가 떴으니 '쌍용'이네요. 한 분 더 오시면 '삼룡이' 되겠는데요."

스테디셀러인 양귀자의 소설 <모순>에는 장차 조직의 보스를 꿈꾸는 주인공 남동생에 대한 인상적인 묘사가 나온다. 말론 브란도의 <대부>와 최민수의 <모래시계> 비디오테이프를, 줄담배를 피우며 눈이 빠지도록 매일 밤 보고 또 보는 동생. 최민수처럼 목소리 낮게 까는 연습을 반복하는 그에게 그 비디오들은 조폭이 되기 위한 교과서였다.

사춘기를 지나가는 남학생들 중 '힘'과 '폭력'에 대한

동경이 없는 사람이 얼마나 될까. 이게 공공연히 드러내기는 어려운 욕망이니 마피아나 조폭 영화 같은 대체재를 찾는 것 아닐까. 이소룡을 흠모하며 쌍절곤을 연마한 뒤 마침내 상대방을 흠씬 두들겨 패는 '말죽거리 잔혹사'의 권상우에게 열렬히 공감할 때 난 우리 마음속 깊이 '잔혹한' 폭력 성향이 숨겨져 있다는 걸 섬찟하게 느꼈다. 오래전 의과대학을 퇴임하신 잘 아는 교수님 한 분이 요즘 종합격투기 시청에 푹 빠져서 지내시는 걸 보면 남자들의 이런 갈망에는 나이 제한이 없는 것 같다.

일전에 병실에서 근무하는 간호사가 환자 보호자에게 머리채를 잡히는 봉변을 당했다는 보고를 받았다. 자기 어머니인 환자를 잘 돌봐주지 않는다면서 간호사를 폭행한 그 보호자는 간호사 스테이션에까지 와서 소리를 지르며 기물을 부수었다. 경찰이 출동했고 지금 소송이 진행 중이다. 우리 응급실에는 통증이 심하다며 수시로 찾아와 마약성 진통제를 요구하는 환자가 있었다. 어느 날 자기 요구가 받아들여지지 않자 커터칼을 꺼내 들고 난동을 부렸다. 체포되어 결국 징역형을 받게 되었지만 그때까지 의료진의 마음고생은 이루 말할 수 없었다. 최근엔 과거 치료 결과에 불만을 품은 어떤 환자가 자기를 수술했던 의사의 외래 시간에 맞추어 병원에 나타난다. 의사들으라고 대기실에서 큰소리로 욕을 해댄다. 명백한 업무방해지만 그 정도만으로 경찰은 특별한 조치를 취하기 어렵다며 양해해 달라고 한다.

위압적인 용 문신을 뽐내며 자기들만의 방식으로 신속하게 일을 해결하는 '쌍용' 두 분의 힘을 좀 빌리고 거기에 추가하여 완전체 '삼룡이'를 만들 세 번째 사람은 내가 되고 싶다는 욕망이 간절해지는 이유다. 양계장을 단숨에 제압해버린 우리 옛 강아지 '삼룡이'도 그래서 자꾸 생각이 나는 거다. 이참에 문신 스티커나 사서 붙여볼까.

성(姓)희롱 사절

오해가 없도록 먼저 내 경험부터 고백해야겠다. 외부기관에서 열리는 회의에 참석하다 보면 종종 내가 앉을 자리에 주최 측이 명패를 미리 세팅해놓는 경우가 있다. 그런데 어느 날 그런 회의 자리에 비치된 명패에 내 이름의 첫 글자가 '홍'이 아니라 '흥'으로 잘못 적힌 걸 발견했다. '홍'이 세로로 길쭉한 글자라 출력해놓고도 얼핏 'ㅗ'와 'ㅡ'가 구분이 안 되어서 잡아내지 못한 실수였을 것이다. 왠지 좀 희롱당한 기분이 들었던 나는 회의 중 발언하는 과정에서 짐짓 언짢은 표정으로 여러 차례 '흥, 흥'하고 불필요한 추임새를 넣었다. 무심한 사회자는 끝까지 눈치를 못 채는 것 같았다. 아무튼 이런 종류의 '성(姓)' 희롱 이야기를 해볼까 한다.

조선 초기의 문장가였던 서거정이 편찬한 수필집 <필원잡기>에 등장하는 썰렁한 이야기가 있다. 세조가 어느 날 영의정 신숙주와 우의정 구치관을 불러 술을 마시자고 했다. 우의정으로 막 발령받은 구치관을 축하한다는 명목이었다. 장난기가 발동한 세조는 자기가 부를 때 대답을 제대로 못 하면 벌주를 내리겠노라 하면서 '신 정승!' 하고 외쳤다. 신숙주가 '네' 하자 세조는 '이번에 새로 발령받은 신(新) 정승을 부른 건데' 하면서 벌주를 받게 했다. 이후의 스토리는 짐작대로다. '구 정승!' 하고 부를 때 구치관이 대답하면, 먼저 발령받은 '구(舊) 정승을 부른 것이라 하고, 그래서 신숙주가 대답하면 '구(具)' 씨 성을 가진 구치관을 불렀다 하고, 억지를 쓰면서 부하들을 곤경에 빠뜨리는 세조. 이거 직위를 이용한 '성(姓)희롱' 아닌가.

진짜로 성인지 감수성이 부족하다는 비난을 받을까 염려되지만, 뭐 웬만한 국민이 다 아는 조크니 얘기해도 무방하지 않을까 싶은 게 있다. IMF 시절 야구의 박찬호와 골프의 박세리는 암울한 대한민국 국민들에게 한 줄기 희망을 비춰주던 스포츠 영웅들이었다. 둘 다 글로벌 스타였기에 이름을 영문으로 표기하는 경우가 많았는데 같은 박(朴) 씨 성을 박찬호는 'Park'로 박세리는 'Pak'로 썼다. 미국인들은 당연히 두 사람 성이 다른 것이라 생각했고 발음도 '찬호팍', '세리팩'으로 다르게 했다. 유독 짓궂은 한국인들만이 영문 철자 'r'의 유무에 주목하면서 오늘날 진짜 성희롱 반열에 오른 농담을 탄생시켰다.

나 역시 인터내셔널하게 성(姓)희롱을 당한 적이 있다. 어느 해인가 샌디에이고에서 열렸던 학회에 참석했을 때 일이다. 작은 학회였기 때문에 행사 진행요원들이 그리 전문적이지 못했다. 내가 자필로 써서 사전에 팩스로 보낸 참가지원서를 보고 명찰을 준비했을 텐데 아마 날려 쓴 'Hong'의 'H'를 'Li'로 잘못 읽었나 보다. 접수요원이 'Dr. Liong'이라 출력된 이름표를 내게 건네면서 상냥한 얼굴로 "웰컴, 닥터 리옹" 하고 웃는다. 어디 프랑스에서 온 의사가 있나 하고 잠시 주위를 둘러볼 수밖에 없었다.

돌아와 병원에서 그 이야기를 하니까 우리 과 의사들은 한동안 나를 '리옹 선생'이라 놀렸다. 아마 '옹'이란 단어가 노인을 연상시켜서 그리들 더 즐거워했나 보다. 어쨌든 여선생들이 깔깔거리는 걸 보면서 기분이 좋지 않았으니 성(姓)희롱당한 게 맞긴 한 것 같다. 문득 파리에서 오래 공부했던 사촌 여동생 생각이 났다. 'Hong'을 프랑스 사람들이 발음하면 'H'가 묵음이 되고 한국 사람들 귀에는 '옹구'로 들려 괴롭다고 했었다. 한번 '리옹'으로 불러보니 십여 년간 '마드모아젤 옹구'로 불린 여동생의 심정을 조금은 짐작할 수 있었다. 이후 나의 성(姓)희롱 에피소드를 들은 주변 사람들은 공감한다며 이런저런 자기 경험들을 보탰다.

　미국 연수 시절 이웃에 살던 교수님 한 분은 성이 '손'씨였는데 영어로 'Son'으로 표기하는 게 문제였다. 여권을 보면 흔히 이름을 적는 난에 '아무개의 아내'라는 의미로 'w/o (wife of) 아무개'란 표시를 한다. 그때는 토트넘의 손흥민이 지금처럼 유명해지기 전이라 손 교수님 사모님의 여권에 적힌 'wife of Son'이란 문구를 보면서 아들과 엄마에게 묘한 눈길을 보내던 미국 공항 출입국 심사 직원들의 표정이 그 사모님에겐 충분히 불쾌했을 법하다.

　내 여동생의 친구 한 사람은 천주교에 귀의하여 세례

명을 정할 때 이탈리아 아시시의 성녀로 잘 알려진 '클라라'란 이름을 받고 싶어 했다. 그런데 우리나라 천주교에서는 '카톨릭'을 '가톨릭'이라 표기하는 것처럼 초성에 격음이 오는 것을 피하기에 '클라라'도 '글라라'로 쓴다. 성이 '주' 씨였던 이분은 다른 사람들이 자기를 '주글라라'라 부르며 재밌어하는 걸 도저히 참을 수 없었기에 차마 그 세례명을 선택하지 못했다고 한다.

본론까지 이리저리 길게 둘러오긴 했지만 우리 원자력병원도 성(姓)희롱을 당한 적이 있다. 사람으로 친다면 원자력의 '원'자 정도가 성이 될 텐데 이걸 마음에 들어 하지 않는 사람들이 제법 있었던 것이다. 그래서 이들은 '원자력' 앞에 '탈(脫)'이나 '비(非)'자를 붙이라는 둥 농담 같지 않은 농담을 한 번씩 던지곤 했다. 제일 황당했던 건 2018년 지자체 선거에서 서울시의원 후보로 공릉동에서 출마한 어떤 분이 '원자력병원 명칭 변경'을 당당히 공약으로 내걸었던 일이다. "'원자력'이라는 이름이 혐오스럽고 위험물이라 인식되기에 시대적으로 맞지 않다"라고 주장하면서 병원 바로 앞에 그 공약을 명시한 플래카드를 내걸기까지 했다.

독립하기 전 원자력병원의 모(母)기관은 현재 한국원자력연구원으로 이름이 바뀐 '원자력연구소'였다. 최초의 원자로가 옛 원자력연구소 자리인 우리 병원 바로 옆 한전연수원 부지에 있다. 이 나라 원자력 분야의 선구자들이 원자력, 곧 방사선의 의학적 이용을 위해 50여 년 전 야심 차게 만든 병원이 우리 원자력병원이다. 묵묵히 '방사선을 이용한 암 환자 치료'라는 국가적 소임을 다해 온 원자력병원이 만약 새로운 시대적 요구에 따라 이름을 바꿔야 한다면 그건 구성원들의 치열한 토론과 합의가 첫 번째 필수조건이다. 그래야만 맹자가 논한 '역성혁명(易姓革命)' 수준의 혁신이 일어날 수 있다. 정치적 목적으로 주변 사람들이 툭툭 던지는, 참을 수 없이 가벼운 성(姓)희롱은 사절이다.

땡큐, 모차르트

모차르트의 작품 전곡이 패키지로 판매된 것은 1990년에서 1991년 사이 네덜란드의 필립스 레코드가 발매한 CD 180장짜리가 처음인 것 같다. 1791년에 세상을 떠난 모차르트의 사망 200주년을 기념해서 만든 역작이었지만 가격대가 수백만 원을 호가하는 바람에 어지간한 골수팬이 아니고는 구입할 엄두를 내기가 어려웠을 것이다. 다행히 2006년, 그러니까 1756년에 태어난 모차르트의 탄생 250주년을 맞이한 해에, 역시 네덜란드 음반사인 '브릴리언트 클래식'에서 훨씬 저렴한 전집을 출시했다.

오래전 녹음된 모차르트 작품 중 이미 절판된 음원들을

재활용하고, 개런티가 높지 않은 무명의 아티스트들과 집중 계약하는 방식으로 원가를 대폭 낮춘 게 브릴리언트 클래식의 CD 170장짜리 모차르트 전집이다. 가격은 싸지만 필립스에 비해 완성도가 그리 떨어지지 않았다는 평가와 함께 국내에서도 꽤 많이 팔렸다고 한다. 하지만 막상 몇 해 전 지인으로부터 이 전집을 선물로 받았을 때 나는 감사함보다 곤혹스러움이 앞섰다.

어릴 적 우리 집 책꽂이에는 다양한 전집(全集)들이 꽂혀 있었다. 계몽사의 오십 권짜리 <세계문학전집>과 열 권쯤 되는 삼중당의 <김찬삼 세계여행기>, 그리고 민중서관에서 나온 36권짜리 어른용 <한국문학전집>에 영문 <브리태니커 백과사전> 30권 세트 등등. 그 책들 중엔 물론 관심 가는 것도 있었지만 '전시용(展示用)' 도서로서의 묵직한 위압감이 펼쳐보고 싶다는 호기심을 대체로 압도하곤 했다. 당시 학교 서가에는 문교부 주관의 이른바 '자유교양 경시대회' 출전용 필독서라는 제목 아래, 동일한 초록색 표지의 세계 고전들이 빽빽이 진열되고 있었다. 집이건 학교건 그 많은 책들이 어느 날 죄다 '숙제'로 느껴지자 난 호흡곤란 증상이 살짝 나타나면서 '전집

포비아'에 걸리고 말았다.

철들고 나서 내가 구입한 전집이라고는 의대생 시절 남들 다 사는 '네터(Netter)' 박사의 열 권짜리 도해서 <CIBA 컬렉션』뿐이다. 별로 펼쳐보게 되지도 않는데 부담만 느끼게 하던 그 육중한 전집을 버리던 날, '이딴 거 다신 사지 말자' 다짐하면서 책 이름 'CIBA(실은 제약사 이름)'를 여러 차례 되뇌었던 기억이 난다. 이런 내게 졸지에 CD 170장이 뭉텅이로 주어졌으니 전집으로 인해 불편했던 옛 심경이 상기되었다. 빨리 CD를 다 듣고서 감상문까지 써야 할 것 같은 강박감에, 주신 분께는 미안하지만 눈에 안 띄는 곳에 그걸 슬쩍 치워둘 수밖에 없었다.

훗날 모차르트 전집이 다시 생각난 건 <쇼생크 탈출>이란 영화를 뒤늦게 보면서였다. 쇼생크 교도소의 죄수 '앤디'가 도서관에서 우연히 <피가로의 결혼(K.492)> 음반을 발견하고 그걸 허름한 스피커를 통해 감옥 곳곳에다 들리도록 크게 틀어놓는 장면. 영화를 본 사람이라면 누구라도 잊지 못할 명장면이다. 오페라 속 백작부인과 시녀가 부르는 여성 이중창, '저녁 산들바람은 부드럽게'가 교도소 마당에 울려 퍼지고 앤디의 감방 동료 '레드'

즉 배우 모건 프리먼의 나지막한 독백이 흐른다.

"아직도 난 그 이탈리아 여자 둘이서 무엇을 노래했는지 모른다. 사실 알고 싶지도 않다. 어떤 것들은 굳이 설명을 안 하는 게 제일 나은 법. 너무 아름다워서 말로 표현될 수 없는 어떤 것을, 너무 아름다워서 가슴이 아픈 어떤 것을 노래했다고 생각하고 싶다. - 중략 - 그 짧은 시간 동안 쇼생크의 모든 사람들은 자유를 느꼈다."

가사를 몰라도 감동적이었던 그 노래를 수없이 다시 듣던 그때가 개인적으로는 모차르트에 정식으로 입문하던 시간이었다. '전집'의 부담 따윌랑 일거에 떨쳐버리게 하는 '너무 아름다운 자유'를 모차르트의 아리아에서 체험하게 되자 바야흐로 모차르트 전집은 먼지를 털어내고 병원 내 방의 당당한 일원이 되었다. 디지털 음원 시대에, 구식 CD 플레이어를 즉시 새로 구입한 이후 지금까지 그걸로 오로지 모차르트 전집만을 재생하고 있다. 천재 작곡가에게는 불경스럽지만 170장 CD 커버마다에 내 나름대로의 별점을 매기면서 말이다.

모차르트 음악에의 관심은, 35년 일생 중 10년 이상을 유럽 순회공연에 나섰던 이 '아이돌' 스타의 피곤했을 삶에 대한 관심으로 이어져 그의 편지를 엮은 책이나 전기들을 열심히 읽게 되었고 난 점점 모차르트 팬이 되어 갔다. 그가 사망한 뒤 71년이 지난 1862년 루트비히 쾨헬은 모차르트의 모든 작품 목록을 정리하여 연대순으로 번호를 붙였는데 이게 그 유명한 '쾨헬 번호(K. 혹은 KV)'다. 간단한 숫자만으로 작품을 쉽게 검색하고 서로 소통하며, 작곡 당시 모차르트의 나이까지 짐작할 수 있으니 모차르트 애호가들에겐 얼마나 고마운 일인지.

작년 말 코로나로 어수선한 시기에 우리 병원은 어렵사리 보건복지부의 의료기관 인증심사를 받았다. 심사기간 중 병원장실을 활짝 개방해서 실무자들의 헤드쿼터로 사용하도록 했다. 물론 그 방의 배경 음악 DJ는 내가 맡았다. 회의 탁자에서 부지런히 수검준비를 하는 실무자들이 당황하지 말고 편안하게 대처하라는 의미로 초반에는 '클라리넷 협주곡(K.622)' 같이 차분한 곡을 틀었다. 심사 둘째 날 흡연구역이 아닌 곳에서 다량의 꽁초가 발견되면서 깐깐한 조사위원들에게 망신을 당했을 때 나는 몹시 마음이 불편했다. 당연히 그날의 모차르트 음악은 하루 종일 '레퀴엠(K.626)'이 될 수밖에 없었다.

야간 CPR팀 강화해라, 내시경실 오염방지대책 세워라, 임상시험약 철저히 관리해라 등등, 백상아리 같은 조사위원들의 온갖 지적사항이 쏟아졌지만 결국 늠름하게 4년간의 재인증이 확정되던 마지막 날, 내 방에서 흘러나온 음악은 4악장의 '알렐루야'가 유명한, '환호하라, 기뻐하라(K.165)'였다. 말로는 다 표현 못할 미묘한 인간의 감정을 이토록 섬세하게 드러낼 수 있게 해 준 모차르트에게 감사한다. 개성 강한 구성원들이 모였기에 삐걱거릴 때도 많지만, 잘 어우러져 점점 더 활기차고 유쾌한 병원으로 변해가길 기도하는 마음으로 오늘의 모차르트를 틀어본다. 마지막 소절 불협화음이 코믹한 K.522, '음악적 농담'이다.

'율제병원'이 부럽지만

대기업 율제그룹이 설립한 율제병원은 국내 최첨단 병원 중 하나다. 특히 병원의 외관과 내부구조가 호화롭기 그지없다. '루버(louver)'라 불리는 좁다란 차광판을 수직으로 수천 개 유리창에 덧대어 마치 물결이 이는 느낌을 주는 건물은 근사한 박물관이나 미술관을 연상시킨다. 병원 건물 한복판에는 쾌적한 중앙정원이 있고, 외래엔 '호스피탈 스트리트(Hospital Street)'로 불리는 널찍한 진료공간이 있다. 드라마 <슬기로운 의사생활> 시즌 2가 펼쳐지고 있는 율제병원. 이곳이 실제로는 서울의 서부 끝자락에 새로 지어진 한 대학병원이란 사실을 이제 많은 사람들이 알고 있는 것 같다.

솔직히 부러웠다. 훌륭한 하드웨어 덕분에 환자가 편리한 것은 물론이고 여기저기에서 각종 드라마나 영화 촬영 섭외까지 들어온다니 그건 당연히 외부고객에겐 병원 홍보 효과를, 내부직원들에겐 자긍심 고취 효과를 발휘하지 않겠는가. 잠시 눈을 감고 생각해보았다. 우리 병원이 드라마나 영화에 배경으로 나왔던 적이 언제였었는지를.

한참 기억을 더듬다가 2015년 무렵 황정민이 주연했던 영화 <히말라야>에서 장례식장 장면을 우리 병원에서 찍어도 좋을지 문의해왔던 일이 떠올랐다. 처음엔 긍정적으로 검토하려 했으나 그쪽에서 자꾸 '70년대, 80년대 분위기가 물씬 나는 낡은 장례식장'을 원한다는 말에 기분이 상했다. 오래된 병원을 물색하다 보니까 대뜸 원자력병원이 떠올랐다는 얘기 아닌가. 마침 우리 장례식장을 신축한 지가 얼마 되지 않았을 땐데 그런 말을 들으니 부아가 치밀어 거절하기로 했다.

그 몇 년 전에 SBS 드라마 <너의 목소리가 들려>를 병원 마당에서 촬영하던 것도 생각이 났다. 주인공이었던 이종석과 이보영이 다쳐서 응급실을 방문하는 상황이었다.

이종석의 인기가 절정이었던 때라 어떻게 알았는지 소녀 팬들이 우르르 몰려왔었다. 하지만 응급실 장면은 방송국 세트장에서 촬영하는 걸로 바뀌었고 주인공들 대신 조연인 변호사역의 윤상현과 검사역의 이다희가 분수대 옆 벤치에서 대화 나누는 장면만 잠깐 찍었다. 어쨌거나 나는 이들이 하필 우리 병원을 찾아온 게 신기해서 제작진에게 어떻게 여길 오게 됐느냐 물었다. 병원 근처에서 드라마의 다른 장면 촬영이 있었고 거기에서 제일 가까운 병원이 원자력병원이라 그냥 별생각 없이 왔다고 했다. 차라리 안 듣는 게 나았을 대답이었다.

1984년 광화문에서 공릉동으로 신축 이전했을 무렵의 원자력병원 건물은 최첨단이었다. 1층 로비에서 2층으로 올라가는 데 에스컬레이터가 있었던 전국 유일의 병원이었으니까. 하지만 시간은 속절없이 흘렀고 병원은 크고 작은 공사를 여러 차례 하면서 환경개선이 제법 이루어졌지만 완전히 새 땅에 새로 짓는 요즘의 신설 병원들에 비하면 하드웨어 측면에서 여전히 열세를 면치 못하고 있다. 이런 식이면 앞으로 이곳에서의 드라마나 영화 촬영은 요원한 일 아닐까 염려됐을 즈음 아주 옛날 영화

하나가 슬며시 떠올랐다.

배우 이정재와 이미숙이 각각 남녀 주인공을 맡았던 1998년 작 <정사(情事)>. 직설적인 제목만큼이나 때와 장소를 가리지 않고 벌이던 두 사람의 파격적인 애정행각이 화제였던 영화다. 20대인 이정재와 30대인 이미숙의 풋풋한 모습을 볼 수 있지만 영화 속에서 이미숙은 아이가 있는 유부녀였고 이정재는 이미숙의 여동생과 이미 약혼한 사이였다는 게 문제였다. 불륜이 소용돌이치는 이 옛날 영화에 뜻밖에도 우리 원자력병원이 등장한다. 원자력병원 중환자실에 이미숙의 아빠가 입원했기 때문이다.

우리 병원 본관 건물에서 바로 뒤 연구동으로 가려면 건너야 하는 구름다리 같은 구조물이 있다. 약 30미터가량 되는 이 통로가 여름에는 온실처럼 뜨겁고 겨울엔 바닥에 얼음이 얼 정도로 춥다. 지붕은 얇고 양쪽 벽이 유리로 되어 있어서 그렇다. 지나다니는 사람들은 대개 못마땅한 표정으로 종종걸음을 걷는다. 영화 <정사>에서는 뜻밖에 바로 이 통로의 맨 끝에서 이정재가 밖을 내다보며 조용히 애인을 기다리는 장면이 나온다. 반대편에서 천천히 이미숙이 걸어온다. 쇠로 된 격자무늬 창틀과 유리창, 그리고 바닥에 비친 창틀의 그림자가 주인공들을 더욱 애틋하게 보이도록 기하학적 원근 구도를 이룬다. 평소 볼품없다고 생각했던 통로에서 촬영한 이 장면이, 꼭 루브르 박물관의 상징인 유리 피라미드 속에서 찍은 것 같은 영상미를 보여주었다고 말하면 너무 심한 과장일까.

'시각차'라는 걸 극명하게 느꼈던 나는 이 경험을 당시 병원 뉴스레터에 칼럼으로 게재했다. '겉으로 보이는 게 전부가 아니다. 발상의 전환으로 의미를 찾고 상징성을 부여하면 누추한 통로도 언제든 궁궐의 품위를 지닐 수 있다.' 뭐 그런 메시지를 전하고 싶었던 것 같다. 요새도 물론 율제병원 같은 초현대식 시설이 부럽지만, 더욱 중요한 건 '대상'이 아니라 대상에 대한 우리의 '인식' 아닐까 하는 생각이 든다. 그렇기에 지난 수십 년간 의료진과 암 환자들의 애잔한 스토리가 곳곳에 스민 우리 병원의 오랜 하드웨어 역시 소중해지는 거다.

임신 19주 산모가 조기양막파수로 율제병원에 입원했다. 처음 진찰한 의사는 더 이상 임신 유지가 어려울 것 같다면서 환자에게 아기를 포기할 것을 권했다. 상담 내용은 레지던트를 통해 고스란히 차트에 기록됐다. 절박한 산모는 의사를 바꿔주길 간청했고 주치의가 양석형 교수로 바뀌었다. 그는 산모에게 "확률이 제로는 아니니 그 확률에 모든 걸 걸고 최선을 다해보겠다"라고 말했다. 그의 소견 또한 레지던트에 의해 차트에 기록됐다. 이어지는 산부인과 레지던트의 독백이다. "같은 날, 같은 산모. 차팅한 사람도 같은 사람 나. 그런데 교수님이 바뀌니 차팅이 몇 시간 만에 완전히 바뀌었다." 건물에 대한 시각. 사람에 대한 시각. 그리고 환자에 대한 우리의 시각에 '편견' 대신 '이해'와 '긍정'이 깃들길 바란다. 힘이 들더라도.

'공트럴 파크'에 필요한 것

나는 서울의 서대문구 창천동에서 태어나고 자랐다. 흔히 '연대 앞', 혹은 '신촌'으로 불리는 곳이다. 그 동네 아이들이 누렸던 일종의 특혜는 인근 대학 캠퍼스들을 세련되고 멋진 놀이터로 활용할 수 있었다는 점이다. 어린 시절, 널따란 연세대학 운동장에서 때때로 축구와 야구를 즐겼고, 가을 단풍이 수려한 이화여대에는 미술학원 친구들과 그림을 그리러 종종 갔었다. 나이가 들면서도 이런저런 일로 두 학교에 들를 때가 가끔 있었는데 매번 캠퍼스의 모습이 이전과 사뭇 달라져 있었다는 것에 놀라곤 했다. 과거에는 익숙했던 길조차 찾기 어려울 정도로 새로운 건물들이 끊임없이 들어선 탓이었다.

출근길 동부간선도로에 진입해서 북쪽으로 조금 가다 보면 좌측에 한양대학교 캠퍼스가 보인다. 학교가 높은 곳에 위치해서 멀리서 지나는 운전자들 눈에도 잘 띈다. 그런데 이곳도 날이 갈수록 새 건물들이 속속 지어져서 요즘은 학교가 산 위에 자리 잡고 있다는 사실을 알아채지 못할 만큼 빌딩들이 수북하다. 연대, 이대, 한대처럼 몇몇 학교들은 이처럼 직접 목격했기에 외형상의 변화를 실감하지만 이런 식의 팽창 지향, 건설 지향의 트렌드는 어느 대학이나 마찬가지일 듯싶다. 건물 짓기가 곧 총장님의 능력을 나타내는 지표로 간주되는 분위기니까.

실은 우리 기관 사정도 크게 다르지 않다. 우리 병원이 자리 잡은 공릉동 노원로 75의 대지면적은 2만 평(坪)가량 된다. 입사 당시에는 넉넉한 평지 주차장에다 테니스코트가 4개나 있었을 만큼 공간적 여유로움을 누리던 곳이었다. 하지만 부지 내에 다양한 건물들의 추가 설치 계획이 진행되면서 테니스코트는 이내 주차타워와 신약개발센터에 자리를 내줄 수밖에 없었다. 각종 건설공사가 진행되는 걸 지켜보는 내 마음은 늘 이중적이었다. 건물을 짓는다는 게 과연 공간을 넓히는 건지, 오히려 답답하게 쪼그라뜨리는 건지 헷갈릴 때가 많았기 때문이다.

병원 앞마당에 수술장을 현대식으로 크게 신축할 때 있었던 일이다. 현장 감독을 맡으셨던 분이 깜짝 놀라 뛰어오셨다. 땅을 파는 중에 문인석이 나왔다고 한다. 왕릉 같은 데 세워두는, 사람 모양의 석상을 형태에 따라 문인석(文人石) 혹은 무인석(武人石)으로 부른다. 근처에 태릉, 동구릉 같은 왕릉이 있는 터라 출토된 게 혹시 문화재급이면 어쩌나 하는 걱정에 놀라신 거다. 다행히 그 정도 가치는 아닌 것으로 판명되어 공사는 계속 진행됐지만 그때 난 차라리 문화재 발굴 때문에 우리 앞마당이 그대로 보존되면 좋겠다는 생각을 잠시 했었다.

병원 뒷마당에 신약개발센터를 지을 때는 터파기 공사에서 발견된 암반이 문제였다. 만만치 않은 암반을 깨부수려니 착암기 같은 중장비들이 잔뜩 동원되었고 매일같이 '따다다다' 하는 엄청난 소음이 발생했다. 도저히 견디기 힘들었던 나는 활주로 근무자들이 쓰는 소음방지용 귀마개 헤드폰을 주문해서 한동안 착용해야 했다. 그러면서 차라리 암반이 절대로 깨지지 않아 그냥 흙을 다시 덮고 뒷마당을 온전히 복구하면 좋겠단 생각을 살짝 하기도 했었다.

이렇게 마당과 건물을 맞바꾸는 작업이 여러 차례 있어 왔지만 우리 기관에는 여전히 녹지(綠地)로 남아 있는 약 3천 평 정도의 동산이 있다. 여기에 건물을 못 올린 이유는 순전히 그 땅이 '비오톱(biotope)' 1등급으로 묶여 있어서다. 정의상 '특정한 식물과 동물이 하나의 생활공동체를 이루어 다른 곳과 명확히 구분되는 생물서식지'를 '비오톱'이라 일컫는데 1등급이면 절대적으로 보존해야 하는 곳이기에 규제 풀기가 그린벨트보다 더 어렵다고 한다.

실상은 식물이라고 해봐야 잡초와 잡목만 무성하고 거기에 생활공동체를 이룬 동물이라고는 눈 씻고 찾아보기 어려운 지경이었기에 이 땅을 '접근 불가'에다 '개발 불가' 지역으로까지 정해 놓은 서울시 조례가 야속했다. 애사심에 가득 찬 직원 한 사람은 몰래 잠입해서 그곳 생태계를 조금씩 멸절시키겠노라 결의를 다지기도 했는데, 보존가치가 없음을 확실히 드러내어 개발 허가를 받아내겠다는 초현실적 아이디어였다. 하지만 어이없게도 그즈음 불암산에서 내려왔을 것으로 추정되는 야생 멧돼지 한 마리가 비오톱 지역을 휘젓다가 병원 마당에까지 출현하는 소동이 벌어졌다. 경찰이 병원 밖에서 사살했지만 우리 비오톱은 졸지에 '멧돼지도 명랑하게 뛰놀 수 있는 소중한 생태환경'이란 '개발 불가'의 명분을 얻은 셈이 됐다.

이제 '공트럴 파크' 이야길 해야겠다. 옛 경춘선 철길 구간을 서울시가 공원으로 조성해 놓자 그중에 원자력병원 근처 공릉동 구간을 사람들은 '공트럴 파크'라 부르기 시작했다. 주변으로 아기자기한 카페와 식당들이 조르르 늘어섰다. 일찍이 연남동의 옛 경의선 철길 부근 공원이 뉴욕의 센트럴 파크와 비슷한 분위기를 풍긴다 하여 일약 '연트럴 파크'란 별명을 얻었다더니 '공트럴 파크'는 이 '연트럴 파크'의 '짝퉁', 아니 '스핀오프'쯤 되지 않을까 싶다.

오리지널 센트럴 파크는 동서 0.8km, 남북 4km로 엄청나게 큰 도심 공원이다. 유럽의 모나코보다 면적이 넓다. 1981년 사이먼과 가펑클의 재결합 공연이 센트럴 파크의 한쪽 잔디밭(Great Lawn)에서 열렸을 때는 50만 명 넘는 관중이 몰렸다니까 그 규모를 짐작할 만하다. 애당초 '공트럴'이건 '연트럴'이건 오리지널과는 비교가 안 되지만 그래도 센트럴 파크를 뉴요커들이 그토록 사랑하는 이유가 무엇인지는 숙고해 볼 필요가 있다. '뉴욕의 허파' 란 말이 결코 무색하지 않을 정도로, 빽빽한 마천루 한복판에서 나무, 숲, 잔디, 호수 등이 어우러져 조화를 이루는 '녹색의 자연'이야말로 센트럴 파크가 주는 휴식과 영감의 원천 아닐까.

'공트럴 파크'에는 녹색의 공간이 부족하다. 앙증맞은 인공 폭포도 있고 정성껏 그려 넣은 벽화들도 쉽게 마주치지만 모름지기 공원의 생명은 녹색에서 비롯되는 것 아닌가. 원자력병원의 애물단지 비오톱을 환자와 보호자 그리고 지역주민들까지 즐길 수 있는 푸르고 예쁜 공원으로 만들어 바로 옆 '공트럴 파크'의 명성까지 끌어올리는 데 일조하고 싶어지는 이유다. 우리 비오톱을 생명력 넘치는, '공릉동의 허파' 같은 공원으로 개조할 수 있다면 적어도 그동안 병원 마당을 콘크리트 건물과 바꿀 때마다 느꼈던 딜레마가 재발될 것 같진 않다.

원더풀 라이프

    글 쓰는 사람들은 종종 왜 글을 쓰는지 자신에게 묻곤한다. 저마다 다양한 이유를 댈 수 있겠으나 대개는 조지 오웰이 정리한 네 가지 범주로 귀결된다. 첫째, '순전한 이기심'에서 글을 쓴다. 잘난 척하고 싶은 인간의 본능이다. 둘째, '미학적 열정' 때문이다. 이건 아름다움을 추구하는 예술가의 성정과 닮았다. 셋째는 '역사적 충동'으로 인해 기록을 남기려 한다. 후세를 위해 진실을 보존하고 싶은 마음이다. 넷째로는 '정치적 목적'에서 남을 설득하기 위함이다. 자신이 원하는 대로 세상을 바꾸고 싶은 간절함이 묻어난다. 보통은 이 네 가지 이유가 복합적으로 작용하는데, 오웰 자신도 <동물농장>을 쓴 동기로 두 번째와 네 번째 이유를 들고 있다. 정치적 목적을 담았지만 동시에 아름다운 예술 작품을 쓰고 싶었다는 말이다.

　나 또한 그때그때 조금씩 다른 이유로 여기저기에 잡문(雜文)을 끄적인다. 다만 글에 꼭 담아내고 싶은 콘텐츠에는 분명한 공통점이 있다. '재미'와 '의미', 그리고 '진심'이 그것이다. 감사하게도 이런 의도를 알뜰히 파악하고 격려를 보내주시는 분들 중에는 나에게 책을 한번 내보라고 권하는 이들이 있다. 머문 기간은 짧았지만 뜻밖의 행복을 선물해 주었던 두 도시 이야기를 한때 원 없이 글로 쏟아내 보고 싶긴 했다. 해군 군의관 첫해를 보냈던 경남 진해와 미국 연수 시절 1년 동안 머물렀던 샌디에이고. 언젠가 다시 그곳을 찾아 화사한 연분홍 벚꽃 동산에서, 그리고 보랏빛 자카란다(Jacaranda)꽃 터널 아래서 과거의 추억과 현재의 느낌을 글로 한번 옮겨보겠노라 막연히 생각은 했지만 책을 낸다는 것은 도무지 엄두가 나지 않는 일이었다.

　"가뜩이나 범람하는 책들 속에 하잘것없는 것을 또 하나 보탠다면 이 얼마나 큰 죄악이겠는가!" <성문종합

영어> 머리말에 나오는, 저자 고(故) 송성문 선생의 일갈이다. 팔순의 나이에 최근 시집 <터무니>를 출간한 유안진 시인은 "등단 56년에 겨우 시인 지망생이 되는 듯한데, 시집(詩集) 공해 보태는 짓만 또 한다"라고 서문에 쓰고 있다. 물론 겸양의 표현이겠지만 대가들조차 책을 낸다는 것이 자칫 '죄악'이고 '공해'가 될까 싶어 이토록 경계하는 데에는 다 이유가 있을 것이다. 소설가 박완서의 수필 가운데는 이런 문장도 등장한다. "나는 내 소설을 읽었다는 분을 혹 만나면 부끄럽다 못해 그 사람이 싫어지기까지 한다." 이 또한 과장만은 아닐 것이기에, 책을 내는 일이란 어쩌면 인간관계를 포기할 용기까지 갖춰야 하는 두려운 작업인지도 모르겠다.

이렇듯 단단히 주눅이 들어있던 나의 마음속에 혹시 기회가 되면 글을 써서 출판까지 해볼까 하는 갈망이 꿈틀거리기 시작한 건 얼마 전 '고레에다 히로카즈' 감독의 <원더풀 라이프>란 일본 영화를 보고 나서부터다. 영화는 사람이 죽은 다음 일주일간 머무는 세계를 묘사하고 있다. 월요일에 그곳에 도착한 한 무리의 망자(亡者)들은 자신의 삶에서 가장 행복했던 단 하나의 기억을 선택해 달라는 요청을 받는다. 그들이 선택한 순간은 그곳 직원들에 의해 짧은 영화로 만들어져 토요일에 상영된다. 이제 망자들은 오직 그 하나의 기억만을 가지고 천국으로 이동한다. 다큐멘터리처럼 각양각색의 사람들이 나와서 자기 인생 최고의 순간을 회상하는 이 영화는 잔잔하지만 묵직한 울림을 준다.

도쿄 디즈니랜드에서 친구들과 신나게 놀던 순간을 선택하는 소녀. 어린 시절 빨간 구두를 신고 춤추던 순간을 선택하는 할머니. 고통스러웠지만 그보다 더 보람 있는 일은 없었다며 기꺼이 출산의 순간을 선택한 여인. 개중에는 자신의 인생 자체를 아예 돌아보고 싶지 않다는 고집쟁이 아저씨도 있고 왜 굳이 하나를 선택하라 강요하냐며 뻗대는 청년도 있지만 이들 역시 고민하지 않는 것은 아니다. 대부분은 주마등처럼 지나간 자기 인생의 지난날들을 되돌아보면서 기어이 가장 소중했던 순간 하나를 골라낸다. 나는 똑같은 질문을 죽은 사람들에게가 아니라 살아 있는 사람들, 구체적으로는 우리 병원 시니어 의사들에게 던져보고 싶었다. 이삼십 년 의사 생활을 해오는 동안 가장 행복했던 순간은 언제였는가.

영화 속 사후세계 기착지의 직원들이 최선을 다해 망자들의 선택을 영화로 만들어주었던 것처럼, 동료들이 고백하는 의사 인생 최고의 순간을 나도 최선을 다해 글로 옮겨보고 싶다는 '아이디어', 아니 느닷없는 '충동'이 생겼다. 극도로 어려웠던 수술을 성공적으로 끝냄으로써 환자를 살렸을 때의 기쁨, 난항에 부딪혔던 연구에서 기발하고 혁신적인 방법으로 문제를 해결했을 때의 후련함, 동남아 개도국에 의료기술을 전파하고 현지 제자를 길러냈을 때의 뿌듯함 등등. 뭐 이런 식으로 동료들이 저마다 자기의 의사 경력 중 경험한 최고의 이야기들을 골라내고 그것을 내가 책으로 엮어 출간한다면 왠지 병원 홍보에서도 강력한 무기가 될 수 있을 것 같은 기대 역시 제법 있었지만.

요사이 정년퇴직하는 일반직 직원들이 인사차 내 방에 찾아왔을 때 이런저런 이야기를 나누다가 생각이 조금 바뀌었다. 의사들 말고도 우리 병원에서 수십 년 동안의 직장생활을 마치고 나가는 사람들이라면 간호직이건 행정직이건 누구에게나 직장인으로서 가장 보람 있고 행복했던, 절정의 순간이 한 번쯤 있었다는 사실을 새삼 깨닫게

된 것이다. 이 또한 글로 옮겨보고 싶고 책에도 담아보고
싶은 매력 넘치는 스토리들 아니겠는가. 그래서 앞으로는
정년을 앞둔 직원들에게 미리 질문과 부탁을 해놓을까
싶다. 직장생활하면서 가장 행복했던 순간을 딱 하나 꼽
는다면 당신은 무엇을 선택하겠느냐고. 내게 부디 그 이
야길 좀 들려 달라고.

　혹시나 이런 책이 만들어진다면 어울릴 법한 제목은
그 또한 <원더풀 라이프>일 것이다. '원'자가 원자력병원
을 떠올리게 하는 효과도 살짝 있을 듯하다. 오웰식 분류
에 따르자면 아무래도 나는 '역사적 충동'으로 글을 쓸
때가 많지 않나 싶다. 우리 기관에서 벌어졌던 일들을 진
실하게 기록하는 것과, 나를 포함하여 이곳을 거쳐 간 사
람들의 삶이 가졌던 의미를 차분히 정리해 보는 것. 그 거
대한 작업의 일부가 마치 나의 소명처럼 느껴진다.

광고는 연애편지다

"연애편지를 쓴다고 해봅시다. 편지 하나에는 '보고 싶습니다'라고 쓰여 있습니다. 그리고 다른 하나에는 '얼굴 하나야 손바닥 둘로 폭 가리지만 보고 싶은 맘 호수만 하니 눈 감을밖에'라고 쓰여 있습니다. 누구 손을 잡아주겠습니까?"

이런 멋진 이야기를 하는 사람은 자신을 CCO (Chief Creative Officer)라 소개하는 광고인 박웅현이다. <인문학으로 광고하다>란 저서까지 펴낸 것처럼 그는 인문학 공부에서 얻은 영감을 광고에 적극 활용하는 것으로 유명하다. 직설적이지만 그저 밍밍한 문장, '보고 싶습니다'가

박웅현의 손길이 닿자 순식간에 정지용의 시 <호수 1>로 변하는 과정을 보고 있노라면 꼭 마술사의 공연을 감상하고 있는 듯한 착각에 빠진다. '잘 자, 내 꿈 꿔', '그녀의 자전거가 내 가슴속으로 들어왔다', '진심이 짓는다' 등등 주옥같은 명작 카피들이 이 마술사의 머리에서 나왔다는 게 충분히 이해가 된다.

나도 얼떨결에 광고 비슷한 걸 만들어 보려고 한 적이 있다. 딸아이가 중학생 때의 일이다. 미술 시간에 공익광고 만들기를 한다면서 아빠는 뭐 좀 아이디어 없느냐 물었다. 곰곰 생각한 끝에 지하철 2호선을 자주 타고 다니던 의예과 때의 내 경험을 토대로 이야기를 하나 해주었다. 이른 아침 신촌 지하철역 쓰레기통에 버려진 빨간 장미꽃을 보고 느꼈던 단상이다. 내팽개쳐졌지만 싱싱했던 장미꽃은 아마 신촌에서 대학을 다니던 쌀쌀맞은 여학생의 짓이었을 것이다. 이 여학생을 오래 짝사랑하던 남학생이 어느 날 홍대입구역에서 마침내 사랑을 고백하며 꽃을 건넸고 여학생은 심드렁하게 그걸 받았다. 감격에 겨워하는 남학생을 뒤로하고 다음 정거장인 신촌역에서 내린 여학생. 아무렇지도 않게 그걸 쓰레기통에 처박아버린다. 실루엣 처리된 키 큰 여자의 뒷모습과 클로즈업된 쓰레기통 속의 장미. 그 아래로 이런 문구가 흐른다. "깨져버린 한 남자의 가슴을 아십니까? 우리 서로 상처 주지 말고 살아갑시다."

딸아이의 반응은 차가웠다. 별로 설득력도 없고 '유치 찬란'하기만 하다는 것이었다. 몇몇 친구들도 내 얘길 듣더니, '무슨 아카시아 껌 짝퉁 CF 같다'는 둥 폄훼하기 바빴다. 하지만 이런 비난이 별로 상처가 되지 않았던 건 스토리를 고민하고 이미지를 입힌 다음, 광고 카피까지 덧붙이는 일련의 과정이 꽤 즐거웠기 때문이다. 생각의 근육이 조금씩 자라는 느낌이었다고 할까. 아무튼 광고를 직업으로 하는 사람들 중에 특히 즐겁게 자기 일에 몰두하는 분들이 많은 이유를 알 것도 같았다. 1세대 스타 광고인인 이용찬 대표도 그런 부류에 속한다.

'OK! SK'와 초코파이의 '정(情)' 시리즈로 유명한 이용찬 대표가 오래전에 원자력병원의 홍보 활동을 잠깐 도와준 적이 있다. 당시 원장님과의 개인적 친분에 의한 재능기부 수준의 컨설팅이었지만 뭔가 이벤트 만들기를 즐겼던 이 대표는 우리더러 대뜸 계약서를 쓰자고 했다.

그런데 계약금액이 '1원'이었다는 게 특이한 점이었고 계약 체결식 당일 우리 홍보팀은 반짝거리는 1원짜리 동전을 서둘러 준비해야 했다. 보통 때는 찾기도 힘들고 실제 쓸 데도 없는 1원짜리를 일약 엄숙한 공식 세레모니의 주인공으로 만들어버린 기발함. 전도사처럼 늘 '발상의 전환'을 외치는 광고인 이용찬이 1원짜리를 통해 던지고 싶었던 메시지도 그랬을 것 같다. 명목상의 가치보다 생각의 가치가 훨씬 중요하다고.

이후 병원 이미지 광고 제작에 적극적으로 참여하는 우리 병원 의사들이 좀 늘기 시작했다. 함께 머리를 맞대고 이런 카피도 만들었다. "癌이 걱정되십니까? 저희에게 오십시오. 암, 저희가 아니라면 아닙니다." 여기서의 핵심은 마지막 문장이다. '원자력병원이 말기 암 환자들만 치료받으러 오는 곳이 아니다. 암 검진도 열심히 하고 있다. 우수한 암 전문의들이 직접 검진하고 결과를 판정하는데, 그 결과가 괜찮다고 하면 확실히 안심하셔도 된다'라는 메시지가 담긴 카피였다. 여기서 질병명 '癌'은 한자로 썼지만 뒤에는 한글로 써서 '암, 그렇고말고' 할 때처럼 중의적 감탄사 효과를 내고자 했던 것도 깨알 같은 아이디어였다.

냉정히 보자면 건강검진의 중요성과 우리 검진 센터의 우수성을 홍보하고자 했던 이 광고가 그다지 성공적이었던 것 같지는 않다. 문장이 길기도 하거니와 이렇게 간접적인 표현 몇 줄만 가지고 단번에 '위중한 환자들에게 방사선 치료하는 암 병원'의 고착된 이미지를 '평소 건강인들의 암 예방을 위해서도 힘쓰는 병원'으로까지 확장하기에는 역부족이었다. 최근에는 전문가들의 도움을 받아 '암은 원자력병원입니다'라고 정리한 간결한 카피가 핵심 슬로건이 되어버렸지만, 개인적으로는 좀 덜 세련되고 투박해도 의사들의 아이디어가 녹아들어 간 옛 광고가 가끔 그립다.

다시 박웅현의 이야기다. 올 초 <독서신문>과의 인터뷰에서 그는 이렇게 말했다. "광고는 연애편지라고 보면 된다. 연애편지를 쓸 때 자신의 전체를 집어넣기보다는 자기의 감성적인 요소나 낭만적인 이야기 그리고 자기가 멋있게 보이는 어떤 에피소드를 중심으로 집어넣지 않나. 광고도 똑같다." 연애편지를 한 번이라도 써 본 사람이라면 무슨 말인지 단박에 이해가 갈 것이다. '임팩트'가 확실히 드러나도록 겉멋을 좀 부려도 좋다는 뜻이다. 다만 이어지는 그의 다음과 같은 경고는 의미심장하다. "광고에서 중요한 건 '잘 말해진 진실(truth well told)'이다. '잘 말해진 거짓(false well told)'이면 기업도 망하고 광고도 망한다."

연애편지의 포장지가 아무리 아름답고 내용에 미사여구가 아무리 넘쳐나더라도 연인의 마음을 움직이는 힘은 언제나 '진실'에서 나온다. 오늘도 병원 안팎에 나붙은 플래카드, 배너, 포스터, 그리고 공문 양식이나 기념품 등등에 이르기까지 곳곳에 새겨진 홍보성 문구들을 '진실의 안경'을 쓰고 한번 점검해 봐야 할 것 같다. 망하지 않으려면.

검사들과의 대화

서울 북부지방검찰청은 원래 북부지방법원과 함께 공릉동 원자력병원 근처에 있었다. 그 부근에 닭칼국수집이며 콩집이며, 맛집들이 많아 병원 식구들도 자주 찾던 동네다. 청사는 전형적인 관공서 스타일의 오래된 건물이라 위압감보다는 소박하고 청렴한 느낌을 주는 편이었다. 그러다가 2010년도에 검찰청과 법원이 도봉동에 나란히 새 건물을 짓고 이사를 가버렸다. 이후 근처를 지나다 우연히 마주친 북부지검의 새 청사는 번쩍거리는 초현대식으로 변해서 소위 '각이 딱 잡힌' 건물이 풍기는 엄숙함이 옛 친숙함의 자리를 대신하고 있었다. 게다가 칼 모양의 검찰 마크가 뿜어대는 날카로운 권위는 괜히 옷매무새까지 다듬게 했다. 속으로 '일생에 여기 올 일은 없어야 한다'라고 되뇌었음은 물론이다.

별로 가고 싶지 않은 이곳에서 몇 년 전 갑자기 나를 오라 했을 때 긴장이 좀 됐다. 각종 형사사건의 의료자문과 관련해서 검사장님이 인근 병원장들을 초청한 것이었지만 그간 영화나 언론 등을 통해 머릿속에 각인된 검찰의 온갖 부정적 이미지가 발걸음을 무겁게 만들었다. 뭔가 '부탁'을 가장한 '지시' 같은 걸 하고서 빨리 서명하라고 냅다 문서를 내밀지 않을까 하는, 망상 수준의 불길한 생각이 들기도 했다. 당연히 그건 억측이었고 화기애애한 분위기 속에서 여러 검사들과 오찬을 함께 하며 잠시나마 그분들의 애환을 들어볼 수 있었다.

오찬 후 검사장님이 청사 구경을 시켜주셨는데 강당 이름이 '이준 홀(hall)'이라는 게 특이했다. 알고 보니 구한말 고종의 특명으로 헤이그 만국평화회의에 특사로 갔다가 순국한 이준 열사가 대한제국 1세대 검사였다고 한다. 검찰은 이준 열사의 정신을 본받자며 가끔 학술 심포지엄도 연다고 한다. 아무튼 이날 이준 열사는 시작에 불과

했고 역사관처럼 꾸며진 청사 한 모퉁이 전임자들의 이름이 나열된 벽 앞에서 검사장님은 명패를 하나씩 짚어가며 그분들의 업적에 대해 오랫동안 설명을 하셨다. 역사와 전통에 대한 자부심이 대단하다는 생각이 들었다.

청사 견학이 끝날 때쯤 차장검사님이 농반진반 이런 이야기를 했다. "검찰청사가 들어서기 전에 이곳은 국군 창동병원이었답니다. 여기 터가 아픈 환자들이 있었던 장소라 그런지 우리 직원 중에도 이상하게 요즘 아픈 분들이 많습니다." 어색하게 미신을 인용했지만 형사사건의 의료자문 이외에 검찰청 직원들의 건강상담도 필요하다는 말씀을 에둘러 하시는 것 같았다. 사건 자문이건 건강상담이건 흔쾌히 해드릴 수 있으니 언제든 연락하시라 하고서 돌아왔는데 며칠 뒤 진짜로 검사 한 분이 두꺼운 의료기록을 들고 우리 병원에 찾아왔다.

그분이 들고 온 것은 뜻밖에 형사사건과 관련된 기록도 아니었고 검찰청 직원의 병원 차트를 복사한 것도 아니었다. 그것은 34세의 나이에 림프종에 걸려 세상을 떠난 한 동료 검사의 사망 경위 조사서였다. 2015년에 임관한 검사가 지방검찰청에 근무하다가 2018년 림프종 진단을 받았고 병가 중에 서울북부지검으로 전보된 뒤 갑작스러운 병세 악화로 세상을 떠났다. 평소 건강하고 예의 바르던 그가 업무상 과로로 인해 병을 얻었고 결국 사망에 이르게 되었다면서 이것이 순직임을 입증하기 위해 동료들이 발 벗고 나선 것이었다.

그 기록을 들여다보며 나는 검사들의 무시무시한 업무량에 놀라지 않을 수 없었다. 고인의 경우 지방청에 근무할 때 400일의 근무일 중 275일 야근을 했고 자정 넘어 퇴근한 날이 135일이라고 컴퓨터 로그인 기록에 나와 있었다. 매달 100건 넘는 사건을 배당받았다는데 이게 어느 정도의 일감인지 내 머리론 도무지 감이 잡히지 않았다. 나는 기록을 검토한 뒤 우리 병원 혈액종양 전문의와 상의하여 '업무상 과로나 스트레스가 림프종의 발병 혹은 악화에 영향을 미칠 수 있다'라는 취지의 소견서를 작성해주었다. 교과서적이고 일반적인 언급이었기에 이게 법원에서 얼마나 영향을 발휘했을지는 알 수 없다.

작년부터 코로나19 팬데믹으로 인해 많은 모임들이 취소됐지만 다행히 몇 달 전 북부지검 청사에서 오랜만에 의료자문위원회가 열렸다. 그사이 새로운 검사장님이 오셨는데 나는 그분께 이전에 소견서를 써드렸던 림프종 검사의 순직 인정 여부부터 확인했다. 안타깝지만 지금까지도 법원에서 다투고 있어서 결론이 안 났다고 한다. 수많은 동료 검사들이 달라붙어 과로와 발병의 인과관계를 밝히려 무진 애를 썼을 텐데 그게 그토록 입증하기 어려운 일이었나 보다. 정치와는 관계없이 그저 하루하루 몸 바쳐 일할 뿐인 성실한 검사들조차 정작 사고가 났을 때 법의 보호를 받기가 쉽지 않다는 사실이 안타까웠다.

이후 창밖으로 북한산 봉우리들이 병풍처럼 펼쳐진 아름다운 회의실에서 검사장님과 도시락 오찬을 함께 하며 나누던 대화는 이내 검사들의 SNS 활동 이야기로 이어졌다. 직장에서 평소 보이는 모습과 도저히 매칭이 안 되는, 그저 SNS에서 만들어진 이미지로 영웅 행세를 하는 일부 검사들에 대해 검사장님은 하고 싶은 말씀이 많은 듯했으나 발언을 자제하시는 기색이 역력했다. 나는 병원 의사들도 마찬가지라고 얘기했다. 허구한 날 SNS에 허세 가득한 글을 올리는 일부 의사들에게 사이버상에서만 정의의 사도인 척하지 말고, 오늘 눈앞에 있는 환자들에게 먼저 충실하란 말을 전하고 싶다고 했다. 검사장님과 나는 강력한 동병상련의 기운을 서로 느꼈다.

　서울북부지검 검사장님은 최근 타지역 지검장으로 발령받아 내려가시면서 멋진 책을 하나 소개해주었다. <친애하는 나의 민원인>이란 제목으로, 부하직원인 정명원 검사가 불과 며칠 전 펴낸 '검사의 이야기'다. 과장이 없고, 자랑이 없고, 핑계나 남 탓이 없는 진솔한 검사의 이야기다. 유머와 위트가 있으며 유려한 문장이 있고 감동이 있는 평범한 검사의 이야기다. SNS를 달구는 검사들 혹은 검사 출신들의 글이 큰소리로 혼자 길에서 외치는 것이라면 정 검사의 이야기는 마치 함께 차를 마시면서 따뜻한 대화를 나누는 것만 같다. 기회가 되면 나도 그에게 병원과 의사들 이야기도 들려주고 싶다. 어쩌면 신기한 동병상련을 느낄 수 있으리라.

'탁구 할매' 만세

영어 철자로는 'Ni Xialian'. 미디어에서 '니시아리안'이라고들 많이 쓰지만, 이 중국 이름의 정확한 우리말 표기는 '니샤렌'이다. 우리식 한자 발음은 '예하련(倪夏蓮)'으로, 위키피디아를 찾아보니 '예(倪)'씨는 중국 성씨 중 116번째로서 현재 백이십만 명 조금 넘는 숫자라고 한다. '어린아이'란 뜻이 있는 '예(倪)'씨 성에, '여름(夏) 연꽃(蓮)'이란 예쁜 이름을 가진 이 사람이 2020 도쿄 올림픽에서 선물해 준 감흥이 적지 않았기에 난 꽤 한참 동안 인터넷 검색을 해보게 되었다.

중국 태생으로 20대 후반 룩셈부르크에 귀화한 니샤렌

이 한국 여자탁구의 신예 신유빈과 짜릿한 여자 단식 경기를 펼쳤을 때, 거의 모든 국내 언론들은 두 사람의 나이 차이에 주목했다. "17세 신유빈, 58세 니시아리안에 역전승", "신유빈, 41살 많은 변칙 니시아리안에 4-3 역전승" 등과 같은 식의 헤드라인이 넘쳐났다. 니샤렌의 플레이가 워낙 독특했던 터라 네티즌들은 경기 중에 그녀에게 실시간으로 '탁구 화석', '탁구 할매' 등등 다양한 별명을 지어주었다. 본명처럼 예쁜 별칭을 기대하는 건 1963년생인 그녀에게 애초부터 무리였나 보다.

하지만 '국민 할매' 소리를 듣던 가수 김태원도 처음엔 그 별명에 충격을 받았으나 나중에 초등학생들까지 자기를 친숙하게 '국민 할매'라 부르는 걸 보고서 오히려 전 세대를 아우르는 로커가 된 것 같아 뿌듯했다고 한다. 그러니 니샤렌도 대한민국 네티즌들이 '탁구 할매'라 부르는 것 정도는 인기가 반영된 애교로 받아줄 수 있으리라. 사실 과거 외신을 찾아보면 니샤렌이 50세가 넘어갈 무렵부터 그녀의 게임을 다룬 기사에 'table tennis grandma'란 표현이 등장하고 있으니 이 별명의 저작권은 우리에게 있는 것 같지 않다.

신기하게도 우리 병원 탁구부원 중에 니샤렌의 경기를 보면서 내 생각이 났다는 사람들이 제법 있었다. 중국식 펜홀더 라켓의 전면에 롱 핌플(long pimple) 러버, 후면에는 숏 핌플 러버를 붙인 채로, 탁구대에 바싹 붙어서 별로 큰 움직임도 없이 구석구석 코너를 찌르는 그녀의 모습이 내가 추구하는 탁구 스타일과 상당히 비슷한 건 사실이다. 문제는 사람들이 이런 유형의 탁구를 자꾸 '변칙'이라고 말한다는 것이다.

지금 50대 이상의 사람들은 대개 어릴 적 일본식 펜홀더(penholder) 라켓으로 탁구를 시작했다. 한쪽 면에만 러버를 붙인 직사각형 모양의 블레이드를 펜처럼 쥐고서 플레이하는 방식 말이다. 그러다가 양면에 러버를 붙인 둥그런 쉐이크 핸드(shake-hand) 라켓이 대세가 되자 다들 그쪽으로 우르르 몰려갔다. 쉐이크 핸드 전형이 워낙 백사이드 공격과 수비에 강점이 있기 때문이다. 나 역시 어떻게든 탁구 실력을 늘려보고 싶었기에, 익숙한 펜홀더를 버리고 쉐이크로 가야 할지 고민이 꽤 됐다. 심사숙고 끝에 내가 택한 방식은 라켓을 바꾸는 게 아니라 러버를 바꾸는 것이었다. 만질만질한 민러버에서 벗어나

겉에 오돌토돌한 돌기가 나와 있는 핌플 러버로.

핌플 러버는 민러버와 구질이 전혀 다르다. 대부분 상대의 회전을 무력화시키며 무회전 공을 많이 만들어 낸다. 돌기가 긴 롱 핌플 쪽으로 갈수록 회전이 종잡을 수 없고 낮게 깔리거나 지그재그로 날아오는 기묘한 구질들이 나타난다. 나도 처음엔 옛날 현정화 선수가 사용하던 '스펙톨'이란 이름의 숏 핌플(정확한 표현은 pimple-out)을 써보았으나 상대가 별로 어려워하지 않아 과감하게 중국 '자이언트 드래곤'사에서 나온 '612'란 이름의 러버로 바꿨다. 이건 숏 핌플도 롱 핌플도 아닌 이른바 '미디엄 핌플'로 분류되며 상대하기가 까다롭기 그지없다. 물론 그만큼 본인이 다루기도 어려워서 익숙해지기까지는 상당한 연습량이 필요했지만.

나의 탁구 이력을 장황하게 늘어놓은 까닭은 이런 핌플 전형이 좀 드물어서 그렇지 절대로 무슨 '변칙'이나 '사술(邪術)'이 아님을 말하고 싶어서다. 구질을 까다롭게 만들면서 동시에 큰 몸동작을 쓰는 탑스핀, 그러니까 '드라이브' 같은 타법은 구사하지 않으니 체력도 훨씬 덜 소모되고 경기를 주도하게 된다. 소위 '동네 탁구장 고수'로 불리는 사람들 중에는 핌플을 만나면 손 한번 못 써보고 맥없이 나가떨어지는 분들이 많다. 러버의 특성을 이해하지 못해서 그런 것인데 꼭 지고 나서 그들은 '사기당했다'는 식으로 핌플 사용자를 비난하거나 느닷없이 핌플 퇴출론을 펼치기도 한다.

나는 종종 내가 선택한 탁구 스타일이, 경쟁에서 기존의 틀을 따르지 않고 아예 판을 바꾸는 전략과 닮아있다고 생각한다. 물론 초고수들은 예외지만 대부분의 상대는 내 페이스에 끌려오는 경우가 많다. 당황해서 자기가 가진 장점을 발휘할 기회마저 잃고 허둥대다가 결국 경기에서 지게 된다. 약간의 자만심이 깃든 나의 '탁구론'인데 이게 어쩌면 회사 경영에도 시사하는 바가 있다.

'판을 흔드는 전략'. 딱 우리 원자력병원이 취하고 싶은 방향이다. 대형병원 암센터들이 우후죽순처럼 생겨버린 마당에 이제 우리는 '핌플' 러버를 꺼내 들어야 한다. 그게 방사성 동위원소를 이용한 신약 개발일 수도 있고, 골육종 같은 희귀암에 특화된 첨단 센터일 수도 있다. 아니면 과학기술부 산하기관답게, 정부출연연구소들의 암 연구를 집중지원 하는 거대한 'R&D 플랫폼' 역할을 할 수도 있을 것이다. 물론 핌플 러버를 장착한 라켓은 나 자신에게도 매우 어려운 무기라 혹독하고 부단한 연습이 필수적이지만.

탁구 할매 니샤렌은 도쿄올림픽 공식 홈페이지에 "오늘은 늘 내일보다 젊다. 나이는 장애가 될 수 없다."란 말을 좌우명으로 소개하고 있다. 공교롭게도 그녀는 1963년생으로 원자력병원과 나이가 같다. '젊은' 탁구 할매 니샤렌이 핌플 러버 신공을 펼치는 걸 앞으로도 오랫동안 보고 싶다. 우리 병원 사람들이 그녀의 핌플 러버 사용법을 가끔 벤치마킹할 수 있도록 말이다. 탁구 할매 만세다.

나 보기가 역겨워

골프를 처음 배운 건 진해에서 해군 군의관으로 근무할 때였다. 내 경우는 그저 시간 날 때마다 동료 군의관들과 모여 앉아 각종 레슨 이론에 관해 토론하고, 일과 후에는 군에서 운영하는 골프 레인지에 나가 무작정 연습 공을 때려댔던 게 입문 과정의 전부였다. 제대로 된 코치가 없었으니 실력이 늘 리가 없었다. 해군 골프장에서 엉겁결에 소위 '머리를 올리자마자' 난 골프에 흥미를 잃었고 원래 즐기던 테니스로 돌아왔다. 보통 테니스를 열심히 치다가 골프로 취미를 갑자기 바꾸는 사람들을 일컬어 '환골탈태'했다고 한다. '테니스를 탈출해서 골프로

돌아왔다'란 뜻의 우스개 섞인 사자성어다. 따라서 내 경우는 그와 반대로 '환태탈골'이라고 말하는 게 맞을 것이다.

이후 시간이 많이 지나 원자력병원에 근무하면서 가게 된 1년간의 미국 연수가 골프채를 다시 잡는 계기가 되었다. 샌디에이고의 태평양 연안에 늘어선 아름다운 골프장들이 뿜어대는 '환골탈태'의 유혹을 차마 물리치기 힘들었다고 해야 할까. 특히 멸종 위기의 소나무들이 늘어선 '토리 파인스(Torrey Pines)' 골프장은 PGA 대회가 열리는 유명 코스로서 샌디에이고 거주자들에겐 엄청난 그린피 할인을 해주기 때문에 자주 찾게 되지 않을 수 없었다. 물론 실력은 여전히 발전이 없었기에 골프장 갈 때마다 매번 상당한 숫자의 공을 잃어버리곤 했다.

아빠의 엉성한 골프 솜씨는 당시 초등학생이던 아이들에게 뜻밖의 즐거움을 가져다주었다. 금방 잃어버릴 걸 대비해서 싸구려 골프공을 잔뜩 사 들고 집에 오는 날이면 아이들이 거기에 네임펜으로 줄을 긋고 쓱쓱 그림을 그려 댔다. 나는 다 같이 큰 별을 그려보자고 제안을 했고 우리 식구들은 저녁마다 둘러앉아 색색의 별 모양을 골프공에 그려 넣는 특별한 시간을 가지게 되었다. 나중에 필드에서 골프를 칠 때 동반자들은 내 공에 그려진 커다란 별이 마치 북한군 최고위급인 차수 계급장에 등장하는 왕별 같다면서 '차수별'이라고 불렀다. 귀국 후 한동안 샌디에이고 친구들이 토리 파인스 골프장에서 '차수별'이 그려진 공이 종종 발견된다면서 그때마다 내 생각이 난다고 연락을 주기도 했다.

구력이 쌓이다 보면 운도 자연스럽게 따르는 것일까. 이후 난 충주의 한 골프장에서 홀인원을 기록한 적이 있다. 홀인원 기념 트로피에 빨간색 왕별이 그려진 골프공이 살포시 올라가 있음은 물론이다. 진단검사의학과 의사의 관점에서 보면 CV(변이계수)가 너무 커서 도무지 '정도관리'가 되지 않는 골프 실력이었지만 어느 날 놀랍게도 81타, 그러니까 '9개 오버'를 친 적이 있다. 동반자들은 축하한다면서 소위 '싱글패'를 만들어 주었다. 어찌어찌 홀인원도 해 보고, 싱글 디지트 스코어도 기록해 보고 나니 자연스럽게 '아, 나도 웬만큼 골프를 치나 보다' 하는 착각에 빠지게 되었다. 아마 김소월의 시 '진달래꽃' 앞부분을 열심히 읊고 다녔던 게 이 무렵이었던 것 같다. '나 보기가 역겨워'에서 말하는 '보기'는 골프에서의 '보기(bogey)'를 의미한다. '파(par)나 버디를 해야 하는데 보기가 웬 말이냐'라는 자만심의 표현이었다.

골프는 이래저래 마음 편히 즐기기에는 제약이 많은 스포츠라 이후엔 주로 어릴 적부터 좋아하던 탁구에 몰두하게 되었다. '환탁탈골'의 시기라고 해야 하나. 그러다가 몇 년 전부터 시작된 스크린 골프의 대유행으로 골프의 진입장벽이 낮아지는가 싶더니 코로나 시대를 맞아 역설적으로 골프 인구가 크게 늘고 TV 예능 프로그램에까지 골프가 속속 등장하기 시작했다. 중앙일보의 성호준 골프 전문기자는 '그동안 영화에서 드라이버는 잔인한 조직폭력배의 무기였고 골프장은 주로 로비를 하거나 허세 떠는 장소로 이용되었지만 요즘 골프 예능이 늘어난 걸 보면 이런 오해가 많이 풀린 것 같아 다행'이라는 취지의 칼럼을 쓰기도 했다. 이쯤 되니 나 역시 골프에 본격적인 관심을 가져보고 싶은 마음이 다시 생겼다.

마침 우리 병원에 얼마 전 응급실 전담 의사로 입사한 한 선생님의 SNS 프로필을 우연히 보게 되었는데 이런 문구가 적혀 있었다. "골프에 진심인 편". 내겐 좀 어색했지만 요즘 젊은 세대들은 걸핏하면 '무엇무엇에 진심인 편'이란 표현을 즐겨 쓴다고 한다. 일본식 말투라는 비판도 있지만 워낙 폭발적으로 유통되는 유행어라 심지어 올해 초 질병관리청이 제작한 거리 두기 홍보용 포스터에도 해시태그와 함께 '우린 방역에 진심인 편'이란 문구가 등장한다. 어쨌든 나는 '골프에 진심인 편'이라는 사람들의 행태는 어떤 것인지 자못 궁금해졌다.

의과대학 본과생이 된 아들이 한 달도 채 안 되는 여름방학 기간 중 골프를 배워보고 싶다고 했을 때 평소 온 가족이 함께 골프를 즐기는 것을 행복한 미래의 모습으로 꿈꿔왔던 나는 아들의 제안을 크게 환영하고서 즉시 동네 실내연습장들을 알아보았다. 하지만 한 달짜리 레슨은 불가하고 최소 기간이 3개월이라고 해서 어쩔 수 없이 아들이 한 달, 그리고 나머지 두 달은 내가 레슨을 받기로 했다. 한 달은 금방 지나갔고 내가 갈 수 있는 시간이라고는 주말뿐이라 코치로부터 레슨을 받을 기회가 없었지만 그래도 돈이 아까워서 혼자라도 연습할 겸 지난 토요일 저녁 처음으로 연습장을 찾았다. 그날 난 '골프에 진심인 편'이 어떤 것이라야 하는지 한 가지 중요한 단서를 얻을 수 있었다.

카메라가 설치되어 내 스윙 모습이 화면에 나오는 연습장은 처음이었다. 물론 연습장이라고는 거의 가질 않으니 당연한 일이겠지만. 매번 스윙이 끝날 때마다 나의 정면과 뒷면 모습을 녹화해서 보여주는 스크린. 처음엔 '저게 내가 맞나' 눈을 의심했고 그다음엔 '지금까지 저렇게 한심한 폼으로 치고 있었다니' 하는 부끄러움이 밀려왔다. '나 보기가 역겨워'라는 소월의 시구가 저절로 머릿속에 맴돌 정도로 내 모습 보기가 괴로웠다. 아… 무엇이든 감히 '진심인 편'이라 말하려면 진정한 자기성찰이 먼저겠구나. 앞으로 한동안은 '나 보기가 역겨워'를 되뇌겠지만 우선 내 모습을 정확하고 솔직하게 들여다보고 개선책을 찾는 것이 진심으로 골프를 대하는, 그리고 진심으로 인생을 대하는 시작점이라 생각한다.

태릉입구역 6번 출구

지하철역 출구 번호를 기억하면 목적지를 찾아가거나 약속 장소를 잡을 때 매우 편리하다. 일반적으로 서울 지하철의 경우 1번 출구가 정해지면 하늘에서 보아 시계방향으로 돌아가면서 출구 번호가 하나씩 커진다. 1번 출구를 어디로 할지는 지하철 노선에 따라 다른데, 예를 들어 1호선은 청량리 방면을 바라볼 때 좌측 맨 뒤쪽 출구를 1번으로 하고, 2호선은 외선(外線) 우측의 맨 앞쪽 출구를 1번으로 한다. 서울에 있는 이 수많은 지하철역 출구들 가운데 갑작스럽게 유명해졌던 곳이 '합정역 5번 출구' 아닐까 싶다.

지하철 2호선과 6호선이 만나는 환승역인 '합정'역은 한자로 '합할 합(合)'에 '우물 정(井)'으로 적지만 본래 '조개가 많은 우물'이란 뜻에서 '조개 합(蛤)'을 썼다고 한다. '대합(大蛤)'이나 '홍합(紅蛤)' 같이 조개류 이름에 들어가는 한자다. 인근에 절두산 순교기념관이 있는 데서 알 수 있듯이 과거 이 동네에 숱하게 출몰하던 망나니들이 피 묻은 칼을 씻기 위해 우물을 팠더니 조개가 많이 나와 그곳에 '합정(蛤井)'이란 이름을 붙였단다. 그러다가 일제강점기에 나라에서 어려운 한자를 마구잡이로 간소화시킨다면서 '조개 합(蛤)'자를 별 뜻도 없이 '합할 합(合)'으로 바꾸었고 그게 이내 마을 이름으로 굳어졌다고 한다.

　몇 년 전 국민 MC 유재석이 한 TV 예능 프로그램에서 '유산슬'이란 이름의 트로트 가수로 나와 히트시킨 노래 제목이 '합정역 5번 출구'다. "합치면 정이 되는 합정인데 왜 우리는 갈라서야 하나"라는 노랫말로 미뤄볼 때 작사자가 '합정'의 유래까지에는 별 관심이 없었던 것 같고 그냥 '정(情)'이 합쳐져야 할 '합정(合情)'역에서 이별이 웬 말이냐는 식의 가벼운 언어유희를 구사한 것으로 이해된다. 혹시나 해서 인터넷 지도를 펴놓고 '5번 출구' 주변을 꼼꼼히 살펴보았지만 특별한 게 없는 것으로 미루어 '5번 출구' 역시 그저 운율 맞추기에 불과한 것 아니었을까 하는 의구심이 든다.

맨 처음 <의사신문>으로부터 에세이 형식의 칼럼 연재를 부탁받았을 때 코너명에 대해서도 아이디어를 내달라는 요청을 함께 받았다. 잠시 고민하는 중에 어디선가 유산슬의 '합정역 5번 출구'가 흘러나왔고 그때 문득 우리 병원과 가장 가까운 지하철 7호선의 '공릉역 2번 출구'가 떠올랐다. '합정역 5번 출구'는 유행가로 방송에 많이 나온다는 것 말고는 특별한 의미를 찾기 어려웠지만 '공릉역 2번 출구'는 원자력병원을 향해 가는 통로란 의미가 있다. 우리 병원을 향해 걸음을 옮기는 환자나 보호자들에겐 그곳이 '희망'을 향해 가는 길이었으면 좋겠다는 생각이 들었고, 난 사람들에게 '희망'을 전파하는 글을 쓰고 싶다는 마음으로 코너명을 '공릉역 2번 출구'로 하자고 제안했다.

이후 몇 차례 에세이를 연재하는 중에 기재부 공무원으로 오래 일하던 친구가 자기의 상사로 모셨던 김동연 전 부총리 겸 기재부 장관의 옛 신문칼럼 하나를 스마트폰으로 보내왔다. 제목이 '혜화역 3번 출구'였다. 그 출구 엔 무슨 사연이 있을까 하는 호기심에 보내 준 글을 찬찬 히 들여다보는데 끝까지 다 읽기도 전에 마음이 아려왔 다. '혜화역 3번 출구'는 지하철에서 연건동 서울대학교병 원을 향해 나가는 통로다. 김동연 전 부총리의 큰아들은 그 병원에서 투병하다가 스물여덟의 나이에 세상을 떠났 다. 칼럼에서 그가 말하길, 길 건너 혜화역 2번 출구는 뮤 지컬이나 연극을 공연하는 소극장을 향해 설레는 마음 으로 나가는 곳이지만 반대편 3번 출구는 가슴 찢는 고 통의 길이었고 아들의 죽음 이후 다시는 그리로 나가 볼 엄두가 나지 않는다고 했다.

비가 몹시 쏟아지던 지난 토요일에 천안에 있는 아버지 산소에 다녀왔다. 원자력병원에서 두 달 반가량 투병하시 다 돌아가신 지 꼭 1년째 되는 날이었다. 빗속에서 운전 하는 내내 내 머릿속엔 아버지가 아프실 때 병원에서 겪 었던 힘겨운 일들이 주마등처럼 떠올랐다. 당시 아버지의 간병을 낮에는 어머니가, 저녁에는 내가 맡았었다. 신촌 에 사시는 어머니는 매일 아침 일찍 동생네 차편으로 병 원에 오셨고, 병실에서 숙식하며 아버지를 돌보던 나는 그제야 본 업무로 돌아갈 수 있었다. 그러다 늦은 오후에 다시 잠시 시간을 내어 어머니를 내 차로 가까운 지하철역까지 모셔드렸다.

'태릉입구역 6번 출구'는 매일 오후 어머니를 모셔드리던 곳이다. 명칭은 출구지만 이 경우는 입구에 해당할 것이다. 복잡한 교통상황 때문에 대개는 지하철역 100미터쯤 전방에서 어머니를 내려드리면 나는 신호에 묶여 계속 서 있게 된다. 그 사이 어머니가 태릉입구역 6번 출구로 천천히 걸어가시는 모습이 눈에 들어온다. 허리 수술을 두 번이나 하신 탓에 걸음이 온전치 않으신 자그마한 80대 노인네가 힘없이 지하철역 계단으로 내려가시는 모습을 보노라면 슬픔이 밀려온다. 아버지가 입원하셨다가 돌아가시기까지 75일간을 어머니는 단 하루도 빼놓지 않고 병원에 오셨고 나는 매번 지하철역에 모셔다드렸으며, 매일같이 슬픔을 느꼈다. 차도(差度)를 보이지 않는 아버지 병환으로 인해 어머니가 걸어가며 지으시던 한숨 소리가 지금도 귓가에 들리는 듯하다. 그렇게 '태릉입구역 6번 출구', 아니 '입구'는 내게 '슬픔'으로 들어가는 길이었다.

글을 통해 '희망'을 이야기하고 싶다고 매번 다짐하건만 세상에 만연한 '고통'과 '슬픔'에 주눅이 들 때가 자주 있다. '공릉역 2번 출구'에서 별로 멀지 않은 곳에 '태릉입구역 6번 출구'가 있음을 잘 안다. 남모를 고통과 사연을 간직한 채 오늘도 자신만의 '혜화역 3번 출구'를 나와 어딘가로 향하는 사람들 역시 많을 것이다. 그럼에도 나는 여전히 헬렌 켈러가 남긴 말을 되새기면서 '공릉역 2번 출구'에 깃든 희망을 큰소리로 외쳐보고 싶다.

"세상은 고통으로 가득하지만 한편 그것을 이겨내는 일로도 가득 차 있다(Although the world is full of suffering, it is full also of the overcoming of it.)."

과학기술정보통신부 산하 병원

대중가요 중에도 명곡들이 꽤 있다. 이소라가 읊조리듯 부르는 <바람이 분다> 역시 충분히 명곡으로 꼽을만한 노래 아닐까 싶다. 애절한 멜로디 못지않게 시어(詩語) 같은 가사가 한 소절 한 소절 마음을 파고든다. 얼핏 들어서는 그저 실연당한 사람의 심경을 노래하는 것 같지만 여러 차례 듣고 또 읽다 보면 실연의 아픔을 넘어서는 철학과 단단한 인생관이 느껴지기에 사람들은 이 노래를 통해 '힐링'을 경험한다.

서러운 마음에 텅 빈 풍경처럼 슬프게 불어오는 바람. 시린 한기 속에 지난 시간을 되돌아보게 하는 바람. 그리고 세상은 어제와 같아 보이나 시간은 흘렀고 나는 이제 달라져 있음을 깨닫게 해주는 바람. <바람이 분다>의 가사 속에 등장하는 세 번의 바람은 노래하는 이를 점점 성장으로 이끌어 간다. 어쩌면 인생의 온갖 바람들이 그렇게 사람을 성장시키는 효과가 있을 것이다.

이소라의 노래에 집착하고 있는 것은 철학자들의 명언을 해설한 책 하나를 읽다가 밑줄 긋게 된 루키우스 세네카의 문장 탓이다. "어느 항구로 향하는지 모르는 상태에서는 어떤 바람도 도움이 되지 않는다." 이 말을 설명하는 저자는 정치가이면서 스토아 철학자였던 세네카의 이력을 소개하며 그에게 가장 중요한 것은 평정심을 유지하는 것이었고 그러하기에 예측할 수 없는 감정과 욕망이라는 바람으로부터 스스로를 지키는 게 중요하다고 강조한다. 웬만하면 자꾸 바람을 맞지 말라고 해설하는 것처럼 보이기도 하는데 내겐 그보다 오히려 '항구'의 중요성이 눈에 들어온다. 우리가 살아오면서 이래저래 바람을 많이 맞지만 그게 인생에 별반 도움이 되지 않았다면 그 이유는 자신의 목적지를 몰랐기 때문이라는 말 아닌가.

기업들은 자신들이 향해가는 항구를 잃지 않기 위해

이른바 '비전'과 '미션', '핵심가치' 따위를 만들어서 전 직원들이 공유하도록 한다. 기업들의 경영방식을 앞다투어 도입하는 의료계 역시 한때 큰 예산을 들여 이런 트렌드를 너도나도 따라 했었다. 우리 기관의 예를 들자면 2004년에 새롭게 취임하신 원장님 주도로 십 년쯤 뒤인 2013년에 이르러서는 국민들로부터 가장 먼저 선택받는 기관이 되자는 취지의 'To be the first choice'를 슬로건으로 외치며 비전과 미션 등등을 엄숙하게 발표한 적이 있다. 그러다 2013년이 채 도래하기도 전인 2010년에 기관장이 바뀐 걸 계기로 또다시 '비전 2020' 선포식이 있었고 10년 뒤 2020년에는 '세계 방사선의학의 중심'이 되자는 결의를 다졌었다. 그걸 기억하는 직원들이 많지 않은 상황에서 정작 2020년은 코로나 사태로 인해 정신없이, 그리고 허무하게 흘러가 버렸다.

떠들썩하게 선포식 행사를 진행하고 대대적으로 홍보를 하지만 기관장이 바뀔 때마다 덩달아 바뀌는 비전이나 미션은 아무리 장엄한 문장이라 할지라도 직원들의 마음에까지 도달하기에 역부족일 때가 많다. 의료기관 인증심사 때 가끔 조사위원들이 이에 대해 질문을 하니까 그때만 벼락치기로 잠시 외는 비전, 미션이라면 우리가 함께 향해 가는 '항구'로서 무슨 의미가 있을까. 직원들 입장에서는 그게 그거 같은 비전과 미션의 차이를 구분하는 것도, 형식적인 핵심가치를 외는 것도 그저 귀찮고 지겨운 숙제 같은 일임을 나는 잘 알고 있다.

어쨌든 이런 종류의 비전, 미션, 핵심가치, 실행전략 등등을 포함하여, 회사의 방향성에 대한 논의는 이제 더 이상 새로운 미사여구를 뽑아내기 어려울 정도가 되어버렸지만 적어도 종합병원 이상의 의료기관이라면 언제나 놓치지 말아야 할 세 가지 키워드가 있다. '진료', '연구', '교육'이 그것으로 이는 곧 그 의료기관이 존재하는 이유라고 할 수 있을 것이다.

우리 기관과 한때 협력관계에 있었던 미국의 메모리얼 슬로언케터링 암센터의 로고는 위를 향한 화살표에 작대기 세 개가 가로질러져 있는 형태다. 그쪽 의사들은 누구나 작대기 세 개의 명칭이 차례로 'research', 'treatment', 'teaching'임을 잘 알고 있었다. 화살표가 향하는 방향은 '암 정복(toward the Conquest of Cancer)'이라는 설명도 보태곤 했다. '세상에서 가장 사랑받는 병원'이라 칭송받는 메이요 클리닉의 로고는 방패 세 개가 겹쳐 있는 형태다. 좌측 방패는 '의학 연구'를, 우측 방패는 '의학 교육'을 상징하며 가운데 가장 큰 방패가 '환자 진료'를 상징한다고 한다. 이 3개의 방패를 들고서 그들의 핵심가치인 '환자의 필요를 최우선으로(The needs of the patient come first)'로 향해 가는 길이 바로 자신들의 항구를 향해 가는 길임을 메이요 클리닉의 직원들은 모두 잘 알고 있을 것이다.

우리 기관은 현재 '과학기술정보통신부' 소속이다. 과거에 원자력병원을 출범시킨 정부 기관이 과학기술처였기 때문이다. 과학기술처는 이후 과학기술부, 교육과학기술부, 미래창조과학부 등등 정권이 바뀔 때마다 명칭과 기능이 변경되는 우여곡절을 겪다가, 마침내 현재의 과학기술정보통신부가 되었고 우리는 여전히 그 산하 기관으로 존재하고 있다. 원자력병원을 포함하는 '한국원자력의학원'이란 이름으로 회사 규모가 커졌지만 정권의 변화로 정부 부처에 큰 바람이 불 때마다 우리 기관에까지 밀어닥치는 풍랑의 크기 또한 커졌다. 주기적으로 불어오는 '국정과제'라는 거센 바람, '공공기관 혁신' 혹은

'부처 통폐합'이라는 섬뜩한 바람.

요즘 우리가 바라보는 항구에는 '과학기술특성화 병원'이라는 깃발이 나부끼고 있다. '과학기술부가 왜 병원을 가지고 있어야 하는가'라는 해묵은 질문에 대한 원론적 답변이기도 하다. 하지만 슬론케터링과 메이요가 그러하듯이 '진료', '연구', '교육'이라는 의료기관의 본질적 사명은 달라질 수가 없다. 정부의 요구와 기대에 따라 항로는 다소 변경할 수 있겠지만 우리가 향해 가는 항구가 달라져서는 안 되는 이유다. 그래야 순풍을 최대한 이용하고 역풍을 피해 가는 지혜를 발휘할 수 있으리라.

'내게는 소중했던 잠 못 이루던 날들'이 이별한 연인에겐 아무렇지도 않았던 무심한 날들이었음에 이소라는 가슴 아파한다. 부디 우리 기관에 소중했던 지난 시간들이 우리를 산하에 두고 있는 정부에도 똑같이 소중했던 시간이었으면 좋겠다.

'행복한 동행'은 아닐지라도

흔히 'MBA'라고 부르는 '경영학 석사' 과정은 대개 직장인들이 자기 업무와 관련하여 좀 더 체계적인 학습의 필요성을 느낄 때 고려하게 된다. 아무래도 나이 들어 시작하는 공부라 가정이 있는 사람들은 결혼생활에 미치는 리스크를 웬만큼 감수하면서 취득하는 학위 같기도 하다. MBA의 뜻을 풀이하는 사람들 중에 그게 일단 '얼떨결에 결혼했다(Married By Accident)'라는 의미라고 운을 떼면서 동시에 '결혼은 했어도 자유로운 영혼(Married But Available)'임을 강조하는 자들이 있다. 그러다가 결국에는 '결혼 파괴 협회(Marriage Breaking

Association)'의 회원이 되지 않을까 하는 우려마저 생기게 한다.

　나는 우리 병원에 입사한 지 몇 년 지나지 않은 2000년대 초반, 당시 원장님으로부터 MBA 과정을 공부해보라는 권유를 받았다. '앞으로는 의사들도 경영을 일찍부터 제대로 공부해야 한다'는 원장님의 지론에야 당연히 동의했지만, 그때 아직 어렸던 우리 집 쌍둥이들 돌보는 일을 전부 직장 다니는 아내에게만 맡겨놓을 수 없는 노릇이라 고민이 좀 됐다. 하지만 나중에 뭔가 병원의 주요 보직을 맡기려는 원장님의 '빅픽쳐'와 관계없이 내 전공인 '진단검사의학과 전문의' 역할에도 MBA 공부가 큰 도움이 되리라는 걸 알았기에 마침내 '결혼생활에 미치는 리스크'를 무릅쓰기로 했다.

　5학기 동안 야간 MBA 과정을 다니면서 평소 생소했던 재무관리, 인사관리, 마케팅 등등 경영학의 기본과목들을 열심히 배웠다. 물론 시험 볼 때만 달달 외웠던 내용들이라 대부분 잊어버렸지만 신기하게도 '협상' 과목에서 배웠던 것들만큼은 지금까지도 인상 깊게 남아 있다. 아마 이전 정부에서 국제통상 전문가로 활동했던 교수님이 다양한 사례를 들려주고 희한한 실습 과제들을 많이 던져주셨던 덕분이리라.

학생들은 몇 개 조로 나뉘어 각각 특정 국가의 외교관 역할을 맡은 다음 수업 시간에 모의협상을 벌이는 일이 빈번했다. 나는 비자면제협정을 더 이상 확대시키지 않으려는 미국 정부 관리에 '빙의'하여 개도국 대표로 나온 상대방 학생들에게 갑질 비슷한 언사를 남발하기도 했다. '가격 협상'을 배운 직후의 팀별 숙제는 이태원에 가서 양복을 맞추거나 서울 외곽 골프숍에 가서 중고채를 사면서 실제로 가게 사장님들과 가격 협상을 벌인 내용을 적나라하게 정리해서 제출하는 것이었다. 교과서에 나오는 각종 협상 전략들을 현장에서 써먹어 보고 그 실효성을 확인하라는 의도였다. 이렇게 온몸으로 얻게 된 지식들이었으니 쉽게 잊힐 리 있겠는가.

인생의 모든 일들이 알고 보면 다 '협상'이라고 협상 전문가들은 곧잘 말하지만, 어쨌든 병원장으로서 내가 최근 몇 년간 참여하고 있는 가장 중요한 협상은 '노사협상'이다. 처음엔 옛날 협상 과목에서 배운 지식들이 그나마 머리에 좀 남아 있다는 걸 위안 삼아 호기롭게 맞닥뜨렸으나 협상이 진행될수록 이건 학교에서의 짧은 실습과 어설픈 이론으로 덤빌 수 있는 자리가 아님을 깨닫는다. 그 자리에서 이뤄지는 의사결정들이 곧바로 수많은 직원들의 삶에 심대한 영향을 미친다는 게 신속한 판단을 어렵게 한다. 특히 '윈-윈'보다는 '제로 썸'에 가까운 이슈들이 많기에 직종 간 형평성을 생각해야 하고 기관의 재정상태도 들여다보아야 하며, 공공기관인 우리의 경우 정부의 가이드라인도 무시하기 어렵다는 현실적 제약이 있다.

그동안 우리 병원 노사협상은 매년 자율적 타결이 어려워 막판에 꼭 지방노동위원회의 중재안을 받는 단계까지 가곤 했다. 올해도 예외가 아니어서 노사 간 큰 차이를 보이는 임금인상안을 비롯해 비정규직 문제나 임금피크제 같은 난제들을 들고서 문래동 지방노동위원회를 방문해야만 했고 기어이 마지막 순간까지 치열한 노사협상을 벌였다. 정해진 시간 내에 합의에 이르지 못하면 누구도 원치 않는 파업 상황이 도래하기에 피를 말리는 밤샘협상을 이어가다 보니 어느덧 동이 터왔다. 6월부터 시작한 노사협상의 마지막 순간. 전날 오전 11시에 시작해서 노사가 잠정합의안에 서명을 한 시각은 조정만료 25분을 남긴 9월 2일 아침 6시 35분이었다.

언젠가부터 퇴근길 차 속에서 즐겨 듣는 라디오 음악 프로그램이 있다. 김현주 씨가 진행하는 <행복한 동행>. 1977년생 젊은 배우 김현주가 아니라, 1964년생 탤런트 김현주로, 나와 세대가 비슷해서 그런지 주로 예전의 한국 가요를 많이 틀어준다. 살짝 저음인 그녀의 목소리는 사람들을 위로하는 묘한 매력이 있다. 거의 매일 듣다 보니 나도 한번 사연을 보내봐야지 하다가 얼마 전 마침내 해바라기의 '마음 깊은 곳에 그대로를'이란 노래를 신청하고야 말았다. 설마설마했는데 그날 밤 DJ 김현주 씨가 낭랑한 목소리로 방송 중에 이렇게 말한다. "원자력병원 병원장님이 신청곡을 보내주셨네요. 코로나 환자 돌보랴, 원래 보던 암 환자 치료하랴 정신없이 바쁜 의료진들과 함께 듣고 싶다고. 다들 힘내자고, 그리고 사랑한다고."

그날 이후 몇몇 병원 직원들로부터 뜻밖의 노래 선물 잘 받았다는 말을 들었다. 운전하다 들었다는 행정직원도 있었고, 라디오 들으며 밤에 중랑천을 산책하다 들었다는 간호사도 있었다. 의외로 그 프로그램을 듣는 사람들이 꽤 있다는 게 놀라웠다. 나는 몰래 써놓은 연애편지를 들킨 것 같은 부끄러움이 잠시 들었지만 기분이 나쁘지 않았다. 같은 회사에 다니는 직장인으로서 서로의 연대감 같은 걸 소소하게나마 북돋워 준 것 같아 뿌듯하기도 했다. 그리고 프로그램 제목인 '행복한 동행'에 대해 진지하게 생각해 보게 되었다.

얼핏 보면 노사협상은 대립이고 갈등이며, 노동자 입장에서 더 나아가면 '투쟁'일 수도 있을 것이다. 하지만 길게 봤을 때 그 모두가 다 '동행'을 위한 몸짓 아니겠는가. 세상에는 '행복한 동행'만 있는 것이 아니다. 불쾌할 수도 있고 불편할 수도 있으며 때로는 화가 날 것만 같은 동행도 있을 것이다. 그래도 우리 병원 노사가 '동행'이란 사실만은 함께 명심했으면 좋겠다. 서로를 부축하면서라도 아직 함께 가야 할 길이 멀지 않은가.

마징가제트 vs. 로보트 태권브이

'로숨(Rossum)'이라는 이름의 과학자가 있었다. 체코
말로 '이성(理性)'이라는 의미를 지닌 이름이라고 한다. 생
명체 복제 연구를 하던 중에 화학적으로 특별한 물질을
발견한 로숨은 이것을 이용하여 인조 개, 인조 송아지 따
위를 만들다가 마침내 '인간'을 만드는 데까지 도전한다.
무려 10년에 걸친 노력 끝에 장기들을 모두 갖춘 남자 하
나를 간신히 만들지만 그 얼마 뒤 '늙은 로숨'은 실험실에
서 죽은 채로 발견된다. 엔지니어였던 그의 아들, 그러니
까 '젊은 로숨'은 아버지가 남긴 설계도를 참조해서 인조인
간의 내부를 극도로 단순화시킨 다음, 대량생산이 가능한

시스템을 완성한다. 나름 인간과 여러모로 비슷했던 아버지의 작품이 아들의 손에 의해 오로지 노동에만 최적화된 새로운 상품으로 거듭난 것이다.

체코의 극작가 '카렐 차페크'가 1920년에 쓴 희곡의 서막에 나오는 이야기다. 무려 100년 전에 발표된 이 작품을 최근 흥미진진하게 읽었다. 오늘날 우리가 마주한 첨단 테크놀로지 시대의 고민과 악몽을 한 세기 전에 예측하고 구구절절 실감 나게 묘사한 작가의 상상력이 놀라웠다. 이 희곡이 더욱 의미 있는 이유는 여기에서 최초로 '로봇(Robot)'이란 말이 등장했기 때문이다. 작가가 제목만은 영어로 붙였지만 내용은 체코어로 쓴 원작의 본문에서 'robota'로 표현되는 '로봇'의 본래 뜻은 '노동' 혹은 '노역(勞役)'이라고 한다. '유니버설 로봇'은 개별화된 맞춤형이 아니라 똑같은 설계 아래 공장에서 대량으로 찍어내는 범용 로봇을 의미한다.

이처럼 로봇의 첫 등장은 단순히 재미를 위한 SF 문학의 범주를 넘어 로봇이 고통과 분노, 인내를 습득하며 인간을 닮아가다가 마침내 '희생'을 배우는 데까지 이른다는 심오한 철학적 의미까지 내포하고 있었지만, 어린 시절

'우주소년 아톰'이나 '철인 28호'와 같은 일본 애니메이션으로 로봇을 처음 접한 과거 이 땅의 소년들에게 로봇은 그저 신나는 최고의 장난감이요, 마르지 않는 또래 간 대화의 소재요, 생각만으로 가슴이 벅찬 슈퍼 히어로들이었다. 참고로 나는 마징가제트의 '광팬'이었고 지금도 병원 내 방의 탁자 위에는 늠름한 마징가제트 사진이 들어가 있는 예쁜 액자가 놓여있다.

몇 년 전 모교 동창회 신문사에서 에세이 원고 요청을 받고 나는 마징가제트를 소재로 글을 쓴 적이 있다. 마징가제트의 몸을 구성하는 주성분은 특수 동위원소를 정제해서 나오는 초합금제트이며 여기에서 나오는 에너지가 소위 '광자력'이다. 환경오염이나 인체에 미치는 악영향이 전혀 없는 청정에너지 '광자력'처럼 우리 병원도 내내 순수하고 우직하게, 국가로부터 주어진 사명을 수행하자는 게 요지였다. 정부가 '원자력'을 계속 마음에 안 들어 하면 '광자력' 병원으로 이름도 바꾸면 어떻겠느냐 짐짓 제안하면서 말이다. 물론 요란한 '탈원자력' 바람이 시나브로 병원에도 영향을 미치는 것 같아 소극적으로나마 항의의 뜻을 표시한 글이기도 했지만.

바늘 가는 데 실 가듯, 마징가제트가 거론되면 어김없이 등장하는 게 '로보트 태권브이'다. 'Robot'의 정확한 국문 표기는 '로봇'으로 되어 있지만 로보트 태권브이 때문에 아직도 '로보트'란 표기가 널리 쓰인다. 어쨌든 이 둘에 대한 토론은 언제나 해묵은 질문으로 이어지고야 만다. "둘이 싸우면 누가 이길까?" 말이다. 하나는 일제고 하나는 국산이라는 점이 냉정하고 객관적인 비교를 어렵게 할 때가 많지만 나는 마징가제트가 국산이라고 믿었던 어린 시절부터 항상 마징가가 태권브이보다 세다고 믿는 쪽이었다.

태권브이의 승리를 말하는 쪽 주장 중에는 마징가가 1972년 제작이고 태권브이는 그보다 4년 늦게 나왔으니 아무래도 신제품이 기술적으로 업그레이드됐기에 더 강할 것이라고 말하는 게 가장 단순한 논리였다. 일단 제원을 살펴볼 때 키가 56미터에 이르는 태권브이가 18미터에 불과한 마징가쯤은 가볍게 눌러버릴 수 있다고 나름의 수치적 근거를 제시하는 자들도 있었다. 언젠가 카이스트 정재승 교수는 한 강연에서 두 로봇을 비교하며 쇠돌이가 조종석에서 레버를 움직이거나 버튼을 눌러 조종하는 마징가보다 훈이의 동작을 인식하여 즉각적으로 움직이는 태권브이가 훨씬 커뮤니케이션 속도가 빠르기 때문에 둘이 싸우면 태권브이가 이긴다고 단언하기도 했다.

태권브이 예찬론자들은 체구는 비록 그보다 작지만 마징가의 무기가 얼마나 다채로운지 모르고 있다. 그저 태권도 폼 잡는다고 껑충껑충 뛰기만 하는 태권브이와 달리 마징가에겐 광자력 빔, 로켓 펀치, 턱밑 허리케인, 볼에서 나오는 냉동 광선 등등 수많은 무기들이 있다. 적절한 거리를 유지하면서 각종 무기들을 종합선물세트로 안긴다면 태권브이를 무난히 잡을 수 있으리라는 게 내 생각이다. 아울러 마징가의 주적(主敵)이라 할 '헬 박사'와 미케네 괴수 군단의 전력은 태권브이가 상대하는 악당 카프 박사와 급이 다르다. 강적들과 끊임없이 전투를 벌여 온 마징가의 실전 감각을 절대로 얕봐선 안 된다.

로봇의 탄생부터 시작해서 영원한 라이벌 마징가와 태권브이의 전력 비교까지 뜬금없이 둘러본 까닭은 우리 병원의 숙원이던 의료용 로봇장비가 마침내 들어온다는 흥분 때문이다. 수년 전 수술장을 리노베이션 할 때에 로봇 수술방이라고 하나를 큼직하게 만들어 놓았건만 방사선을 이용한 진료가 주력인 우리 기관의 특성상, 로봇 도입은 항상 최신 방사선 치료기나 동위원소를 이용한 첨단 영상 장비 등등에 밀렸었다. 그러다 드디어 올해 우리 병원이 로봇산업진흥원이 주관하는 국가 연구과제에 선정이 되어 국산 로봇 장비를 들여오게 된 것이다. 이제 전 세계를 장악하고 있는 로봇 수술기 '다빈치'와 선의의 경쟁을 벌일 채비를 차리고 있다. 연구개발이 강점인 과기부 산하 병원답게, 노련한 우리 외과 의사들과 연구자들이 앞으로 거인을 물리칠 다양한 무기들을 속속 만들어 내리라 믿는다. 마징가제트가 그랬던 것처럼.

더 알 수도 있는 사람

"이제 내 생을 마감하려 합니다. 그간 난 참 행복했고 나름대로 인생을 잘 살아온 것 같아 가벼운 마음으로 떠나려 합니다."라고 시작하는 유언장을 보고서 깜짝 놀랐다. '페이스북(facebook)'이 '알 수도 있는 사람'이라며 친구 추천을 해주었고 이름이 낯설지 않은 분이었기에 반가움에 얼른 클릭해서 들어가 보았더니 뜻밖에 첫 게시물이 그분의 영면(永眠)을 보도하는 언론 기사 링크였고, 그다음은 가족들이 공개한 그분의 유언장이었다.

지난 8월 초 65세를 일기로 김영식 전 원자력국장님이 돌아가셨다. 엘리트 공무원답게 과학기술부의 여러

요직을 역임하셨고 나중엔 과학기술인공제회의 이사장도 맡으셨지만 내게는 과거 우리 기관의 주무 부서였던 과기부 '원자력국'의 책임자로서 우리를 물심양면 도와주셨던 분으로 기억되고 있다. 원자력 분야에 대한 해박한 지식과 긍지가 대단하시다고 병원 선배들로부터 전해 들은 적이 있었으나 개인적 친분은 없었던 차에, 뒤늦게 SNS를 통해서나마 소통할 수 있는 기회가 생긴 것 같아 좋아했지만, 페이스북의 예상과 달리 내게는 '영원히 알 수 없는 분'이 되시고야 말았다.

지금은 SNS라 불리는 소통 수단이 홍수처럼 쏟아져 나와 어떤 것들이 있는지 그 종류를 일일이 열거하기조차 힘들다. 하지만 스마트폰이 막 보급될 무렵만 하더라도 단연 트위터(twitter)가 인기였다. 당시만 해도 나는 이른바 '얼리 어답터(early adopter)'를 지향하던 시기라 부리나케 트위터 계정을 하나 만들었다. 물론 금세 페이스북과 카카오로 관심이 옮겨가면서 나의 트위터는 그저 이름뿐인 빈껍데기로 전락해버렸지만.

그 뒤로 얼마나 시간이 흘렀을까. 어느 날 아무 생각 없이 내 트위터 계정에 한번 들어갔다가 깜짝 놀랐다.

별다른 활동을 하지 않는 내게도 팔로워가 한 명 있었기 때문이다. 그는 나와 같은 분야 전문의였으며 내가 직접 추천해서 부산에 있는 우리 분원, 동남권 원자력의학원의 진단검사의학과 과장으로 발령받은 사랑하는 후배였다. 사람 좋아 보이는 너털웃음이 특징이던 그 친구는 10여 년 전 어느 가을날 지방 학회에 참석한 뒤 기차역에서 쓰러져 원인도 정확히 모른 채 다시는 돌아올 수 없는 길을 떠났다. 그렇게 더 이상 나를 'follow'할 수 없는 'follower'가 내게는 한 사람 오래도록 존재한다.

우리 병원에 덩치가 크고 성격이 급했던 흉부외과 선배 한 분이 있었다. 외모와는 달리 자상한 면이 있어서 내가 샌디에이고에 있는 UCSD로 연수를 떠난다 했더니 본인도 전에 그곳에 있었다며 꼼꼼하게 미국 생활 오리엔테이션을 해주었다. 심지어 후배들을 위해 챙겨놓았다는 꼬깃꼬깃한 미국 운전면허 시험문제지까지 보여주면서 이른바 '족보'를 알려주기도 했다. 예상치 못했던 질병으로 선배가 황망히 세상을 떠났을 때 찾아왔던 공허함과 서운함은 꽤 오래갔다.

첫 번째 기일에 혹시나 하는 마음으로 난 그의 카카오

톡 계정을 살펴보았다. 아직 본인 사진과 함께 계정이 그
대로 살아있었다. 다만 프로필 메시지가 이렇게 바뀌었
을 뿐이었다. '1 Year in Heaven'. 아마도 선배를 잊지 못
하는 사모님이 남긴 흔적이었을 것이다. 그다음 해는 '2
Years', 그 다음다음 해는 '3 Years'로 연수가 바뀌어 갔
다. 나는 선배의 기일이 찾아오면 매번 카카오톡에 메시
지를 남기곤 했다. "그곳에서 편안히 잘 계시지요? 보고
싶습니다." 물론 답장은 오지 않았다.

'내가 하던 일을 다른 사람이 하는 것, 다른 사람이 내
책상을 여는 것, 아침에 출근한 집으로 다시 돌아가지 못
하는 것, 오늘 퇴근한 회사로 내일 아침 다시 출근하지 못
하는 것.' 100주년 기념교회를 담임했던 이재철 목사님
은 죽음을 그렇게도 정의하셨다. 그러니 내가 저질러 놓
은 일 때문에 남은 자가 고생하지 않도록 일을 깨끗하게
매듭지으며 살고, 남은 자가 내 서랍을 들여다볼 때 부끄
럽지 않도록 모든 것을 정리하며 살고, 출근할 때마다 귀
가하지 못할 수 있음을 인식하고 가족을 진심으로 사랑
하고 살고, 퇴근할 때마다 다시 못 볼 것처럼 따뜻한 말로
동료의 수고에 감사하며 사무실을 나서자고 권면하신다.

SNS가 일상이 된 오늘날 죽음은 이렇게도 정의할 수 있을 것이다. '알 수도 있는 사람'을 영원히 알 기회가 없어지는 것. 나의 팔로워가 아무런 액션을 보여주지 않는 것. 하트 가득한 이모티콘을 아무리 보내도 무응답인 것.

　지난여름 우리 기관의 역사와도 같았던 선배 한 분이 돌아가셨다. 방사선종양학과 전문의로 수많은 자궁경부암 환자들을 치료하셨고 원자력병원장과 한국원자력의학원장을 역임하셨던 조철구 선생님. 같은 과 후배 한 분이 원내 게시판에 추모의 글을 올렸다. 그중 한 문장이 눈에 띈다. '조 원장님은 방사선치료 인프라가 약한 아시아 국가에 방사선치료 기술을 전수하시는 일에 열정이 많으셨고 그래서 아시아 각국의 언어를 열심히 독학하시고 그들과 대화하는 것을 취미처럼 좋아하셨기에 그들의 존경을 받으셨습니다.' 갑작스런 부고에 슬픔을 표하는 외국 지인들이 많은 게 그런 이유가 있었던 것이다.

　나는 조 원장님과 같은 직장에서 근무하며, 그 밑에서 보직을 맡아 집행부 활동 또한 함께 오래 했음에도 그분의 그런 열정과 노력은 잘 알지 못했었다. 온화한 성격에 늘 긍정적이셨던 그분을 '더 잘 알 수 있는' 기회가 이제 없음이 아쉽고 슬프다. '알 수도 있는 사람'을 새롭게 알 기회뿐 아니라, 알고 있다고 생각하던 동료와 친구들을 '좀 더 잘 알아갈 수 있는' 시간도 분명히 제한이 있고 그 데드라인이 언제인지는 아무도 예상할 수 없다. 그러기에 이재철 목사님의 권면처럼, 우리가 좋아하고 사랑하는 사람들의 진면목을 오늘 하루 조금 더 알아가고, 그래서 조금 더 이해하고 배려하게 될 수 있기를 기도할 뿐이다.

개가 주는 위안

무척추동물 가운데 오징어나 문어 같은 부류를 '두족류(頭足類)'라 일컫는데, '머리에 다리가 달린 동물'이라는 뜻이다. 단숨에 세계인을 사로잡은 드라마 <오징어 게임>이 요사이 화제지만 넷플릭스를 잘 뒤지다 보면 <나의 문어 선생님(My Octopus Teacher)>이란 훌륭한 다큐멘터리도 발견할 수 있다. <미나리>가 여우조연상을 받던 2021년 93회 아카데미 시상식에서 장편 다큐멘터리상을 차지했던 수작이다. 탐욕 가득한 인간 군상의 적나라한 모습이 낭자한 유혈과 함께 펼쳐지는 <오징어 게임>에 심기가 몹시 불편해진 분들이 있다면, 인간과 문어 사이의 따뜻한 교감을 섬세하게 묘사한 이 작품으로 위로받기를 바란다.

남아프리카 공화국 케이프타운 근처의 바다를 잠수하던 다큐멘터리 감독의 눈에 들어온 한 마리 암컷 문어. 외계인처럼 생긴 이 생명체의 독특한 생활방식에 매료된 감독은 급기야 하루도 빠짐없이 물에 들어가 문어의 동정을 살피기에 이른다. 그의 집착은 마침내 문어의 인정과 관심으로 보상을 받아 어느 날 놀랍게도 문어가 다리를 쭉 뻗어 악수를 청하고 그의 몸에 밀착해서 마치 재롱을 부리는 듯한 모습까지 보여준다. 우울증과 불면에 시달리던 감독의 고단한 삶이 문어를 통해 위로받고 치유되기 시작하는 순간이다. "자넨 아직도 사람을 믿나?"라는 <오징어 게임> 속 등장인물의 냉소를 문어가 한 방에 날리고 있는 셈이랄까.

주변 환경과 도구를 이용할 줄 안다는 문어의 지능이 강아지 정도 된다고 하는 말에 우리 집 몰티즈(Maltese) '빙고'가 떠올랐다. 실은 우리 빙고의 경우 할 줄 아는 재주라곤 '앉아'와 '손' 뿐이니 문어보다 조금 지능이 떨어지는 것 아닐까 하는 의심이 들긴 한다. 하지만 십 년이 넘도록 녀석이 우리 가족들과 함께하면서 한결같이 보여주었던 사랑과 애교를 생각하면 약간 처지는 지능 따위야 관계에 하등의 문제가 될 게 없다.

'개가 주인에게 보이는 애정 어린 관심으로 인해 주인은 자신의 존재감과 중요성을 확인하게 된다'라든지, '개는 사람을 비난하지 않고 늘 친밀함을 기본자세로 신뢰감 넘치는 커뮤니케이션을 한다'라든지 하는 문장들은 스위스의 정신과 의사 '피에르 슐츠'가 쓴 책, <개가 주는 위안>에 등장한다. 물론 동의하지만 '개가 주는 고난' 또한 만만치 않음을 개 주인들은 잘 알고 있을 것이다. 사료는 거들떠보지 않고 간식과 군것질만 일삼던 빙고가 언젠가 덜컥 변비가 생겨서 대변을 보지 못한 적이 있다. 욕실에 데려가 딱딱하게 항문을 틀어막고 있는 똥 덩어리를 긁어내는, 소위 '핑거 에네마(finger enema)'를 시행하면서 문득 건강이 나빠진 반려견 병간호로 힘들어했던 지인들 생각이 났다.

그 가운데 단연 압권은 원자력병원장을 지내셨던 우리 신경외과 과장님이다. 얼굴이 납작하고 주름이 많은 '퍼그(Pug)'를 오래 키웠는데 녀석이 나이가 들자 안타깝게도 뇌졸중에 의한 하지마비가 발생했다. 개가 중풍을 맞은 것이다. 하지마비가 오니까 대소변 보는 데 문제가 생겼다. 그 녀석이 세상을 떠나기까지 신경외과 선배는 매일 병원 출근하기 전 강아지 배를 열심히 마사지해서 대소변을 억지로 배출시키는 일을 수개월 동안 하셨다고 한다.

남다른 강아지 사랑 때문일까, 그 선배가 병원장을 하실 때 우리는 서울대 수의대가 운영하는 동물병원과 MOU를 맺었다. 당시 수의대 교수님들을 통해 개들에게도 암이 많이 발생하며 암 치료에 방사선요법이 중요하게 쓰이고 있음을 알게 되었다. 도입한 지 오래되어 우리 병원에서 연구용으로 사용하고 있는 구형 '사이버 나이프' 같은 방사선 수술 장비가 동물 암 치료에 효과적으로 활용될 가능성을 발견한 것이다. 우리나라에서도 반려동물들이 명실상부하게 가족 대우를 받으면서 그들의 건강을 관리하기 위해 훨씬 더 체계적인 연구개발의 필요성이 대두되고 있다. 암에 걸린 동물의 방사선 치료법을 연구하고 그에 대한 과학적 근거를 만들어 내기 위한 목적이라면 우리 기관보다 더 적합한 파트너는 없을 것이다.

우리 아이들이 어렸을 때 조금 이상한 영어학원을 다닌

적이 있다. 엄마들 사이에 평판이 좋고 수강생도 엄선한다고 해서 거기 다니는 애들은 자부심이 컸었다. 하지만 아이들만 잘 가르치면 될 텐데 자꾸 부모들까지 괴롭히는 게 문제였다. 예를 들어 팝송 노랫말을 아이들에게 가르쳐주고 숙제로 집에 가서 부모님들께 들려드린 뒤 영어로 그 감상문을 받아오라는 식이다. 어느 날은 '학교 체벌'에 대한 아빠의 생각을 동영상으로 찍어오라는 황당한 숙제를 내줬다. 시간 없으니 빨리 얘기하라고 휴대폰 카메라를 들이대는 아들의 독촉에 일단 머릿속으로 영작을 하고 있는데 아내가 불쑥 빙고를 들고 와 내게 안긴다. "애들 친구들이 아빠 얼굴 보고 충격받을지 모르니까 강아지도 들고 찍으셔, 시선 분산되게."

영어로 버벅대는 내 옆에 빙고가 의아한 표정으로 앉아 있던 그 동영상을 나는 지금껏 소중히 간직하고 있다. 한 번씩 볼 때마다 정말 시선이 자연스레 빙고에게 집중되기에 웃음이 터진다. 그리고 단지 강아지 한 마리 안고 찍었을 뿐인데 이상하게 짜증이 가라앉고 마음이 편해졌던 기억이 난다. 이런 식으로 빙고가 나와 가족들에게 즐거운 추억거리를 제공해 주었던 적이 참 많이 있기에 가끔 녀석이 사고를 치더라도 모두 용서가 된다. 어쩌다 야단을 맞으면 잠깐 의기소침해지는 듯하다가도 금방 꼬리를 치고 혀로 핥으며 애정을 표시하는 순진무구함. 세상 어디에 이처럼 자기 자신보다 주인을 더 사랑하는 생명체가 또 있겠는가.

<나의 문어 선생님>의 주인공 문어는 천적의 습격을 받는 등 숱한 어려움을 겪지만 위기를 지혜롭게 넘기고 자신을 지켜보는 다큐 감독과의 관계 또한 잘 이어가다가 마침내 때가 되었을 때 자연의 섭리대로 조용히 생을 마감한다. 빙고 또한 다르지 않을 것이다. 녀석이 우리에게 주었던 조건 없는 사랑과, 녀석 때문에 위안이 되었던 많은 순간들을 생각하면 이별은 매우 슬프겠지만 그렇기에 함께 하는 오늘의 시간이 얼마나 소중한지 모르겠다.

"제발 오줌 싸지 마세요"

아침에 출근해서 차를 주차하고 내 방으로 가는 길에 엄마, 아빠 손을 다정하게 잡고 가는 꼬맹이들을 자주 마주친다. 우리 병원 암 검진센터 건물에 붙어있는 어린이집에 가는 아이들이다. 시설도 괜찮고 선생님들도 열심히 가르친다고 소문이 나서 직원들 사이에 인기가 높다. 삐약삐약 병아리 같은 녀석들이 천진난만한 모습으로 내게 다가와 배꼽 인사를 건넬 때면 미소가 절로 나면서 뜬금없이 옛날이야기 하나가 떠오른다.

맹모삼천지교(孟母三遷之敎). 맹자의 어머니가 아이 교육을 위해 세 번이나 이사했다는 이 일화는 맹자가 살았던 춘추전국시대로부터 수백 년이 흐른 뒤에 쓰인 '열녀전 (列女傳)'이 출처라고 하니 그냥 지어낸 이야기일 가능성 이 커 보인다. 물론 그 역사적 사실 여부와 관계없이 어린 아이들이 자라나는 환경이 얼마나 중요한지 깨우쳐주려 는 데 의의가 있을 것이다.

맹자의 집이 맨 처음 공동묘지 근처에 있었을 때 어린 맹자는 허구한 날 '아이고, 아이고' 하고 곡을 하면서 상 여 지나는 모습을 흉내 냈기에 그 꼴을 보다 못한 엄마가 시장 근처로 이사를 했더니 이번엔 맹자가 장사꾼의 말투 를 따라 하느라 바빴다고 한다. 아마 손뼉을 치면서 '골 라, 골라'를 연발했을지도 모르겠다. 할 수 없이 공자를 모시는 '문묘(文廟)' 근처로 또다시 집을 옮기니까 맹자는 관원들의 예절을 배우는 일에 힘을 썼고 그제야 어머니 도 만족했다고 하는 게 우리가 잘 아는 '맹모삼천지교'의 줄거리다.

세 번째 장소인 '문묘'는 일반인들에겐 다소 생소하기에 그게 '서당'이나 '학교'로 바뀐 버전들이 더 친숙하지만, 근본적인 의문 한 가지는 장소는 세 곳이라도 이사 횟수 는 두 번인데 왜 '삼천(三遷)'이라 말하느냐 하는 것이다.

자식을 잘 키우기 위해 맹자 어머니가 이사했던 곳이 워낙 많았기에 장소 세 곳은 그저 샘플에 불과할 거란 추측이 숫자의 부정확함에 대한 설명으로 제시되지만, 이왕이면 고사성어의 정합성(整合性)을 맞추기 위해 장소를 한 군데 더 추가하면 좋았을 것이다. 오늘날 소위 '문과' 출신이 제대로 대접을 못 받는 대한민국 분위기라면 '문묘'에서 다시 이사를 한 곳은 '의과대학' 혹은 '종합병원' 부근이 아니었을까 싶다. 생각이 거기에까지 이르자 난 매일 우리 병원 안팎을 왔다 갔다 하는 어린이집 아이들이 원자력병원에서 무엇을 보고 배울까 하는 게 문득 궁금해졌다.

서울시 서대문구 창천동, 그러니까 '신촌(新村)'에서 나고 자란 나는 성인이 될 때까지 그 동네에서 두어 번 이사했던 기억이 난다. 신촌은 이른바 '대학가'로 불릴 만큼 유수의 대학들이 여러 개 몰려 있는 곳이다. 맹자의 어머니가 충분히 탐을 냈을 법한 지역이다. 나 역시 중고등학교 시절부터 집 근처 대학들을 드나들며 축제도 구경하고 종종 도서관에도 들어가 볼 기회가 있었기에 일찌감치 자유분방하면서도 학구적인 대학 생활에 대해 동경심을 가지게 되었다. 대학교 옆에 살았기에 경험할 수 있었던 긍정적인 영향이었다.

그러나 내가 의과대학에 들어갔을 무렵부터 안타깝게도 신촌은 '대학가'로서의 이미지보다 '유흥가'로서의 이미지가 점점 강해지기 시작했다. 신촌에 술집과 모텔들이 마구 들어서기 시작할 때 우리 집은 연세로 큰길가에 있는 한 건물 꼭대기 층으로 이사했다. 신도시 아파트로 이사할 때까지 한시적으로 거기서 지내야 했던 것이다. 집 바로 아래층에 당구장이 있고, 집에서 5분 거리에 백화점과 지하철역이 있다는 게 신기했지만, 얼마 지나지 않아 어머니에게 예상치 못했던 고된 일거리가 하나 생겼다.

우리가 살던 건물에는 계단을 따라 꼭대기까지 올라와도 공공 화장실은 없었다. 그런데 밤마다 화장실을 찾아 헤매는 취객들이 꼭대기 층인 우리 집 앞에까지 꾸역꾸역 올라왔다가 화장실이 없음을 깨닫고는 그냥 문 앞에다 방뇨를 해버렸다. 거의 매일 아침 어머니는 그 지저분한 배설물들을 치우는 게 일과가 되었다.

어느 날 밤 집에 들어가는 내 눈에 대문 앞에 놓여있는 종이 하나가 눈에 들어왔다. 매직으로 화난 사람의 얼굴이 그려져 있었고 그 아래 이런 글씨가 적혀 있었다. "제발 오줌 싸지 마세요!" 경고라고 보기엔 너무 귀여운 그림과 글씨는 어머니의 솜씨였다. 나는 화가 났고 곧 슬퍼졌다. 내가 '사랑하는 고향'이라고 주저 없이 일컫는 신촌이 점점 이렇게 노상 방뇨와 토사물이 난무하는 지저분한 동네로 변해간다는 게 화가 났고, 효과가 없을 게 분명한 경고문을 만드느라 수고하셨을 어머니 생각에 슬펐다. 예상대로 그 경고문은 다음 날 아침 누군가의 배설물에 의해 흥건히 젖어 있었다.

대학들은 여전히 같은 위치에 있으나 이제 신촌에서 주택가는 거의 사라지고 없다. 좋은 대학이 아무리 많아도 맹자 어머니 역시 지금의 이곳을 선뜻 찾을 것 같지 않다. 얼마 남지 않은 이 동네 어린이들을 위해서라도 신촌을 좀 더 건전하게 만드는 일에 다 함께 힘을 모으자고 언젠가 내가 지역 행사에서 건의해 보았지만 얼마나 효과가 있었는지는 모르겠다.

우리 병원 채혈실에 붙어있는 남자 화장실에서 몇 해 전 누군가 변기가 아닌, 바닥에 큰일을 본 적이 있다. 그 화장실은 남자들 소변 검사용 샘플 채취가 목적이라 소변기만 있는 곳이었다. 직원인지 환자인지 모르겠으나 급해서 화장실에 뛰어 들어왔는데 소변기뿐이었을 때 그가 얼마나 큰 낭패감을 느꼈을지 살짝 동정은 가지만 그래도 오전 내내 복도까지 풍기던 냄새는 방향제를 아무리 들이부어도 수습이 되지 않았고 그 몰상식한 행동은 용서가 되지 않았다. 내 고향 신촌을 망가뜨렸던 옛날 그 오물들이 자동으로 리마인드 되었음은 물론이다.

오늘도 해맑은 얼굴로 어린이집을 향해가는 아이들을 바라보면서 다짐한다. 악취가 나는 병원, 오물이 날리는 병원이 되어서는 결코 안 되겠다고. 설령 그 지저분한 것들이 밖으로 드러나는 것이 아니라 우리 내면에 있는 것일지라도 이 아이들이 눈치챌 것 같은 두려움이 든다.

지란지교(芝蘭之交)를 부러워하며

"이런 희한한 게 네이버에 올라왔네요." 우리 정형외과 선생이 인터넷에서 캡처한 사진을 불쑥 내밀었을 때 난 반사적으로 긴장이 됐다. 혹시 누군가 병원에 대해 무슨 민원이나 항의성 글을 올렸나 신경 쓰였기 때문이다. 직장인들이 회사에서의 불만을 아무런 여과장치 없이 마구잡이로 쏟아낼 수 있는 익명 게시판이 인터넷 여기저기에 활성화되어 있고, 환자와 보호자들 또한 병원이나 의사에 대해 서운한 점들을 토로할 수 있는 온갖 커뮤니티에 가입하고 있지 않은가. 긍정적인 장문의 기사보다 부정적인 짧은 댓글 하나를 막는 게 병원 홍보에서 훨씬 중요할 때가 많으니 인터넷상에서 원자력병원과 관련된 글이라면 사소한 것이라도 꼼꼼하게 챙겨볼 수밖에.

다행히 그가 보여준 것은 '지식iN'이라는 일종의 온라인 'Q&A' 게시판 중 의료상담 코너에서 우리 병원 정형외과 의사에게 답변을 요구하는 질문이었다. "정형외과 의사가 된다면 트와이스 사나랑 결혼할 수 있나요? 사나는 저보다 훨씬 누나지만 그래도 상관없어요." 인기 아이돌 그룹 '트와이스'의 멤버 중에 '사나'라는 이름의 일본 소녀가 있다는 걸 난 그때 처음 알았다. 어쨌든 초등학생으로 추정되는 아이의 자못 진지한 질문에 뭐라도 반응은 해주어야 할 것 같아 고심했던 우리 정형외과 선생의 답변은 이랬다. "희망이 있지 않을까 생각해봅니다. 근데, 열심히 공부하셔야 합니다."

인기 많은 정형외과를 조금 부러워하면서 미소와 함께 그냥 넘길 수 있었던 귀여운 에피소드다. 하지만 우리 같은 정부 산하 공공기관들은 언론이나 SNS 등에 불쑥 올라오는 기사 하나, 사진 한 장으로 인해 자칫 국정감사 같은 자리에서 억울하게 질타를 받다가 언제든 예산이 삭감되는 불상사까지 생길 수 있기에 인터넷에 대한 모니터링은 한시도 소홀히 할 수가 없다. 그러니 며칠 전 수간호사 한 분이 "죽으면 관에 간호사복 넣어줘요"라는 자극적 제목이 붙은 인터넷 신문 기사를 내게 보내줬을 때 '과로에 지친 간호사들이 항의하는 건가' 하고 잠시 놀랄 수밖에 없었다.

다행히 이번 역시 기우였다. 그 기사는 37년간 우리 병원에서 간호사로 근무하다가 내년 정년퇴직을 앞둔 세 분 수간호사들의 이야기였다. 외과에서 수술 부위 상처 치료와 장루 관리를 담당하는 우리 처치 간호팀 수간호사의 남편이 부인에 대한 애틋한 사연을 한 메이저 신문사에 보냈고 그게 덜컥 채택된 것이다. 그 신문사에서는 직접 찾아와 세 명의 절친 수간호사들을 모델로 병원 곳곳에서 멋진 흑백사진을 찍어 주고 기사를 통해 이들의 평생 우정을 자세히 다뤄 주었다. 신문사에서는 그걸 '인생 사진 찍어 주기 프로젝트'라고 명명하고 있었다.

노래 제목은 정확히 모르지만 몇 마디 멜로디만 들으면 누구나 '아, 이 노래'하면서 무릎을 치게 되는 음악들이 있다. '아듀 졸리 캔디(Adieu Jolie Candy)'라는 프랑스 노래도 그런 곡 중 하나다. '아듀'는 물론 '잘 가'란 뜻이고 '졸리'는 '귀여운' 혹은 '예쁜'이란 뜻의 프랑스어다. 프랑스에 놀러 온 발랄한 영국 아가씨 '캔디'에게, 그녀와 잠시 즐거운 시간을 보냈던 프랑스 남자가 공항에서 이별하며 부르는 노래다. 이 노래를 '프랑크 푸르셀(Frank Pourcel)' 악단이 연주곡으로 편곡한 걸 옛 유명 DJ 이종환이 자기가 진행하던 <밤의 디스크 쇼>의 시그널 음악으로 가져다 썼다.

이른바 '386 세대' 중에는 80년대를 풍미했던 심야 음악 프로그램 <밤의 디스크 쇼>를 기억하는 사람들이 제법 있을 것이다. 지금도 그 시그널 음악을 틀어놓으면 단박에 옛날로 시간이 되돌아가는 듯하다. 젊은 날, DJ 이종환 씨 덕에 팝송 지식도 좀 넓어졌지만 난 그보다 그 프로그램에서 가끔 낭송해주던 수필들이 참 좋았다. '저녁을 먹고 나면 허물없이 찾아가 차 한잔을 마시고 싶다고 말할 수 있는 친구가 있었으면 좋겠다'로 시작하는 유안진 시인의 <지란지교(芝蘭之交)를 꿈꾸며>도 굵직한 이종환 씨의 목소리로 처음 접하게 된 작품이었다.

산삼 못지않은 신비의 약초라는 '지초(芝草)'와, 절개와 충성의 상징인 '난초(蘭草)'. 둘 다 그윽한 향기를 간직하고 있기에 '지란지교'는 '깨끗하고 고고한 벗 사이의 사귐'을 일컫는다. 명심보감에 등장하는 이 사자성어를 유안진 시인은 아름답고 진솔한 자신의 언어로 바꾸어 보석 같은 수필을 탄생시켰다. 젊은 시절, 아직 종이로 된 편지가 명맥을 잇고 있을 무렵 난 '지란지교를 꿈꾸며'의 구절들을 정성껏 편지지에 담아 친구와 동료, 선후배들에게 보냈었다. 내 삶에도 그와 같은 사귐이 있기를 기원하며 한 줄 한 줄 펜으로 편지지에 옮길 때, 머릿속엔 이종환의 <밤의 디스크 쇼> 시그널 음악이 무한 재생되고 있었다.

온갖 풍파를 다 겪으며 37년을 한결같이 같은 직장에서 우정을 쌓아온 세 사람의 수간호사들. 그들은 모두 간호사 생활을 처음 시작할 때 입었던 간호사 유니폼을 지금까지 간직하고 있다고 했다. 검진센터 수간호사가 옛날의 그 복장으로 사진 찍은 게 없어 아쉽다고 말했을 때, 남편이 사연을 신청했던 우리 외과 수간호사가 한 마디 툭 던졌단다. "난 나중에 관속에 그 옷을 넣어달라고 했어요. 남편과 아이들에게 부탁해 두었어요." 인터뷰했던 기자는 그 말을 기사 제목으로 뽑았고 난 그 말에서 <지란지교를 꿈꾸며>의 마지막 문장이 떠올랐다. 동시에 이 수간호사 세 사람의 '지란지교'가 몹시 부러워졌다.

　'우리의 손이 비록 작고 여리나 서로를 버티어주는 기둥이 될 것이며, 우리의 눈에 핏발이 서더라도 총기가 사라진 것은 아니며, 눈빛이 흐리고 시력이 어두워질수록 서로를 살펴주는 불빛이 되어주리라. 그러다가, 어느 날이 홀연히 오더라도 축복처럼, 웨딩드레스처럼 수의(壽衣)를 입게 되리라. 같은 날 또는 다른 날이라도. 세월이 흐르거든 묻힌 자리에서 더 고운 품종의 지란(芝蘭)이 돋아 피어, 맑고 높은 향기로 다시 만나지리라.'

코로나 엘레지(Elegy)

엘레지의 여왕. 가수 이미자의 별명이다. 인터넷을 찾아 보았더니 1967년에 만들어진 같은 제목의 영화가 별명의 유래라고 한다. 이미자의 실제 개인사를 모티브로 만들어진 이 영화에서 당대의 인기 여배우 남정임이 맡았던 주인공의 이름도 '미자'였다. 미자의 어린 시절을 연기한 아역 배우는 훗날 '빙글빙글'이란 노래로 유명해진 가수 '나미'라고 한다. 이미자는 이 영화의 타이틀곡인 '엘레지의 여왕'을 직접 불렀는데 그게 지금까지 본인을 한 마디로 설명하는 상징적인 표현이 되어버렸다. '엘레지(elegy)'란 단어는 '비가(悲歌)' 곧 '슬픈 노래'로 번역할 수 있지만,

이미자 덕분에 그냥 원어 그대로 사용하는 경우가 흔하다. 별명에 걸맞게 이미자의 노래는 애절하고 슬픈 가사와 멜로디가 대부분이다.

"가냘픈 어린 가슴속에, 보고픈 어머니가 그리워지면, 혼자 울다 지쳐서 꿈길로 떠납니다." 엘레지의 여왕은 그렇게 어릴 적 헤어진 어머니를 애처롭게 찾다가 잠이 든다. 한국 전쟁 직후 이 나라를 무겁게 짓누른 '가난'이 바로 많은 집에서 가족들을 뿔뿔이 헤어지게 만든 원인이었다. 어이없지만 21세기 대한민국에서도 때아닌 이산가족의 아픔이 곳곳에서 목격된다. 아무도 예상하지 못했던 코로나19의 습격 때문이다. 코로나 전담병원마다 넘쳐나는 환자와 그 가족들의 안타까운 사연은 가히 '코로나 엘레지'라 부를 만하다.

올해 초 우리 코로나 병동에서 투병하던 할머니 한 분이 돌아가신 적이 있다. 환자는 원래 림프종으로 진단받아 우리 병원 혈액종양내과를 다니시던 분이다. 병원 밖에서 코로나에 걸리셨는데 금세 폐렴이 양쪽으로 좍 번졌다. 기저질환까지 있는 코로나 중환자라 대학병원으로 전원하려 했지만 그러질 못했다. 환자와 가족들 모두 원래 다니던 병원에서 끝까지 치료받고 싶어 했기 때문이다. 의료진이 최선을 다했으나 환자는 끝내 회복하지 못하고 3주가량 투병하다가 세상을 떠나셨다.

급히 병원으로 달려온 가족들. 하지만 그들은 환자가 있는 방으로 들어갈 수가 없었다. 어머니요, 할머니인 환자의 시신을 부둥켜안고 큰소리로 오열하고 싶었을 텐데 코로나는 그렇게 사랑하는 가족들이 세상에서 마지막 작별 의식을 치러야 할 기회마저 앗아가 버렸다. 간호사 스테이션까지만 들어올 수 있었던 가족들은 거기서 CCTV를 통해 이미 돌아가신 환자의 모습을 보며 울음을 삼켜야 했다. 코로나 병동에 잠시 들렀던 나 역시 CCTV에 비쳤던 고인의 얼굴을 잊을 수가 없다. 림프종에 더하여 치매 증상까지 있었기에 사실 그분을 돌보던 간호사들이 여간 애를 먹은 게 아니었다. 하지만 가족들과의 이별도 제대로 못하고, 격식을 갖춘 장례 절차도 불가능한 고인의 비극 앞에서 의료진의 지난 고생을 챙기고 위로할 여유는 없었다.

코로나 환자가 사망하면 장례식장의 장례지도사들도 비상이 걸린다. 방호복을 비롯하여 개인보호장구를 철저히 착용한 뒤 망자(亡者) 수습에 나서야 하며, 이중 비닐 처리나 실리콘 밀봉 등 안전을 위해 지켜야 할 수칙들이 많다. 정식 장례 절차 없이 화장을 서둘러야 하는 과정은 유족들에게 대단히 고통스러운 일이 아닐 수 없다. 온갖 방역지침에 휘둘리다 보면 고인을 추모하고 마음껏 애도할 시간은 허무하게 사라지기 일쑤니까.

얼마 전 일요일 아침, 감염관리팀으로부터 전화를 한 통 받았다. 호흡곤란으로 응급실에 찾아온 할머니 한 분이 코로나19 응급 PCR 검사에서 양성이 나왔다는 것이다. 종종 있는 일이기에 매뉴얼에 있는 절차대로 처리하도록 했다. 일단 응급실 내 음압격리실에 입실했다가 최종 검사에서 양성으로 확진되면 우리 코로나 병동으로 옮기는 절차 말이다. 그런데 잠시 뒤 두드러기로 응급실에 온 그분의 딸이 또다시 코로나 검사에서 양성이 나왔다는 연락을 받았다. 공교롭게도 두 모녀는 우리 병원에서 장례식을 치르고 있었던 유족이었다고 한다.

이쯤 되면 감염원으로서 모녀의 남편이자 아버지였던 망자가 의심스러워진다. 병원이 아니라 자택에서 사망한 이 70대 노인은 경찰서의 확인 뒤 사인은 폐렴이라면서 우리 병원 장례식장으로 오셨던 분이다. 경찰에서는 코로나를 의심하지 않았다. 그런데 장례식 마지막 날 발인을 앞두고 부인과 딸이 코로나 환자로 확진된 것이다. 어쩔 수 없이 모든 장례 절차를 전면 중지시키고 관을 다시 뜯을 수밖에 없었다. 우리 병원 감염관리팀에서 방호복을 입고 망자의 코에 면봉을 넣어 검체를 채취했고 PCR 결과, 코로나19 양성으로 확인되었다.

이후 병원에서는 한바탕 소동이 있었다. 시신을 수습했던 장례식장 직원들을 포함하여 병원 여기저기에서 모녀와 접촉했던 사람들, 그리고 장례식장에 조문을 왔던 사람들 등등을 전부 특정한 뒤 코로나 검사를 받도록 해야 했기 때문이다. 다행히 직원들이나 문상객 중에는 추가 확진자가 없었다. 그러나 그 와중에 한 가정의 가장이 돌아가신 장례식 절차는 엉망진창이 되어버리고 말았다. 이 또한 코로나 시대의 슬프고 가혹한 에피소드가 아닐 수 없다.

정부 산하 기관으로서 우리 병원의 미션 중에는 '특수재난 대응'이란 것이 있다. 원래는 방사선 노출 사고가 발생했을 때 긴급히 출동하여 인명피해를 최소화하고, 후송

된 방사선 피폭 환자를 치료하는 '방사선 재난 대응'이 주된 업무였는데 코로나19 팬데믹이 발생한 다음부터는 '감염병 재난 대응'까지가 미션에 추가되었고 이 둘을 한꺼번에 '특수 재난 대응'으로 일컫는 것이다. 실제로 방사선 재난과 감염병 재난은 대응 과정에서 유사한 점이 상당히 많다.

나는 지금까지 '방사선'이나 '코로나'와 관련된 문제들에 대해서는 그동안 공개적인 언급을 꺼렸다. 하필이면 둘 다 정치적인 이슈로 쉽사리 변질될 수 있는 주제들이라 조심스러웠기 때문이다. 그러나 정치와는 무관하게 현재 대한민국 곳곳에서 들려오는 '코로나 엘레지', 곧 코로나로 인한 슬픈 노래들은 기회 되는대로 사람들에게 알리고 싶다. 이른바 'K-방역'이라는 거대한 국가적 프로젝트 아래에서 혹시라도 인간의 존엄성이 소홀히 여겨지는 일이 없길 바라는 마음이기에.

화내지 않는 연습

미국정신의학회에서는 우리말로 '진단과 통계 편람' 정도로 번역되는 정신질환 분류 책자 'DSM (Diagnostic and Statistical Manual)'을 발간한다. 1994년에 나온 4판에는 이른바 '문화 관련 증후군'의 스물다섯 가지 분류 가운데 하나로, 우리나라 사람들이 '화병(火病)'이라 부르는 병이 'Hwa-Byung'이란 영문으로 등재되었다. 그러다가 2013년 5판에서 이 증후군의 종류가 9가지로 대폭 줄어들면서 화병도 삭제됐다. 가톨릭 의대 정신과 최보문 교수는 한때 한국적인 독특한 정신병으로 인정되었다가 이내 인류의 공통적 속성에서 기인한 병으로 화병이

재분류되는 과정을 2014년 <지식의 지평>이란 국내 잡지에 흥미진진하게 기술한 바 있다.

최 교수는 '속이 뜨겁고 답답하며, 몸 안에서 불덩이가 돌아다니거나 갑자기 치밀어 오르고, 뛰쳐나가고 싶고, 안절부절못하고, 억울하고 분하고, 후회, 자기 연민, 비관 등이 밀려오는 것'을 화병의 공통 증상이라고 지적하였다. 주목할 점은 화병을 말하는 사람들 대부분이 자신의 증상이 '울화통이 치미는 것을 오래 참아서' 생겼다고 스스로 해석한다는 것이다. 그 해석에서 짐작할 수 있듯이, 화병에 한국적 색깔이 덧입혀졌던 데에는 예로부터 이 땅의 며느리들이 겪어야 했던 고통스러운 상황이 작용했던 것 같다. 아무리 남편이 속을 썩이고, 시댁 식구들이 핍박해도 그저 견뎌내는 것 외에 아무것도 허락되지 않았던 가혹한 유교적 전통 말이다.

화병이 DSM에서 빠진 것은 학문적인 이유였겠지만 난 요즘엔 가끔 다른 생각이 들기도 한다. 며느리들은 말할 것 없고 남녀노소를 불문, 누구도 화를 참으려 하지 않는 오늘날의 우리 사회 분위기를 보면 '죽어도 화병 따위에는 걸리지 않겠다'는 국민적 결기 같은 게 느껴져

소름 끼칠 때가 있기 때문이다. 화를 속으로 삭이는 것은 결코 미덕이 아니며, 즉각 폭발시키거나 어떤 식으로든 배출해버려야 건강에 도움이 된다고 모두가 철석같이 믿고 있으니 화병이 설 자리가 없어진 건 아닐까. 건강 회복을 열망하는 사람들이 모여드는 병원 역시 환자나 보호자들이 뿜어대는 '화(火)'의 열기로 인해 숨쉬기 힘들 때가 종종 있다.

아픈 곳이 있어 병원을 찾는 분들은 정서적으로 매우 예민하다. 특히 불의의 암 진단을 받고 생사의 기로에서 불안에 떨고 있는 암 환자들의 심정이야 오죽하랴. 이들의 불안정함은 가끔 사소한 일에 큰 분노를 야기하기도 한다. 매달 병원의 '고객의 소리'함에 들어오는 민원을 분석하고 대책을 세우는 회의에서는 화가 난 고객들의 원성이 회의 참석자들에게 가감 없이 그대로 전달된다. 환자분들의 심리를 이해하지만, 민원 사례가 논의될 때마다 이들을 끝까지 응대했던 우리 고객지원팀 직원의 서러운 눈물이 빠지는 적이 없기에 마음이 아프다.

한창 바쁘게 돌아가는 일과시간. 외래 간호사들이 눈앞의 환자 상담에 여념이 없다 보면 울리는 전화를 늦게 받는 경우가 있다. 그러나 문의할 게 있어 직접 전화했던 환자의 입장에서는 길어지는 신호 연결음이 꼭 자기를 무시하는 것 같고 그게 병원 측이 일부러 그러는 것 같기도 하기에 간호사가 전화를 받는 순간 거친 말이 터져 나오기 일쑤다. 또 다른 경우, 진료하는 의사가 자신의 말을 귀담아 들어주는 것 같지 않은데 눈마저 마주치려 하지 않는 듯하여 기분이 상한 환자. 가슴속에 응어리진 분노가 폭발하는 곳은 애꿎게도 진찰료 받는 원무팀 직원 앞이거나 피를 뽑는 채혈실 의료기사 앞이다. 한번 화가 난 이들의 불쾌한 감정은 2차 증폭 과정을 거치면서 기어이 고객지원팀까지 찾아가 한바탕 고성을 지르게 만든다.

고객만족도를 높이려는 목적으로 모인 병원 회의에서는 대개 우리 직원들의 태도를 개선하고 필요하면 친절 교육을 더 강화하자는 식으로 의견이 모인다. 시스템을 획기적으로 바꾸거나 최신 설비를 도입하자는 제안도 가끔 나오지만, 병원을 찾는 환자와 보호자들의 만족도를 높이기 위해서는 먼저 진심으로 이들을 친절하게 대하는 게 우선이라는 결론에 늘 힘이 실린다. 당장에 예산이 들어가지 않는 것들만 강조하게 되는 것 같아 병원장으로서 마음이 늘 불편하다. 게다가 분노를 쏟아내는 고객 앞에서 웬만하면 직장을 위해 천사 같은 태도를 유지하라는 주문이 어디 쉬운 말인가. DSM에서 사라진 화병을 어쩌면 내가 우리 직원들에게 유발하는 것 아닌가 하는 반성을 깊이 하게 된다.

일반적이지도 않은 병원 사례를 굳이 들었지만 난 더 늦기 전에 우리 대한민국이 국가적으로 '화내지 않는 연습'을 해야 한다고 생각한다. 살인까지 부르는 층간소음 분쟁이나 운전 중 도로에서의 분노 폭발은 망국적이다. 바야흐로 '울컥'과 '버럭' 공화국이 되어버린 것 같다. 시도 때도 없이 불쑥불쑥 올라오는 분노의 감정을 다스릴 지혜로운 방법들은 분명 존재할 것이기에 그런 경험을 서로 나누고 가르쳐야 한다. 병원을 찾는 환자와 가족들이, 투병에 쏟아야 할 자신들의 에너지를 분노로 소모하게 해서는 안 되며, 환자를 돌보는 데 진력해야 할 의료진을 감정 노동자로서의 애로사항 해결에만 몰두하게 놔두어도 곤란하다. 일단 그 이유만으로도 화를 덜 내거나 잘 내도록 하게 해주는 평상시 교육의 필요성이 인정되지 않겠는가.

코이케 류노스케 스님이 쓴 <화내지 않는 연습>이란 책에는 억압하거나 발산하지 않고도 분노를 잠재우는 법이 소개된다. 분노의 감정을 객관적으로 바라보고 온화하게 받아들이라는 것이다. '아, 지금 내가 화를 내고 있구나' 하면서 스스로 자기 자신의 관찰자가 되는 연습을 거듭할 때 분노는 점차 소멸하고 만다는 지혜다. 아울러 화를 낼 수밖에 없는 상황이라면 움베르토 에코가 <세상의 바보들에게 웃으면서 화내는 방법>의 서문에서 말한 걸 기억했으면 좋겠다. 화를 내는 일에 공연히 많은 힘을 쏟고 싶지 않게 만드는 명언이다.

"우리는 웃으면서 화를 낼 수 있을까? 악의나 잔혹함에 분개하는 것이라면 그럴 수 없지만, 어리석음에 분노하는 것이라면 그럴 수 있다. 세상 사람들이 가장 공평하게 나눠 가진 것은 양식(良識)이 아니라 어리석음이다. 사람들은 누구나 자기 안에 있는 어리석음을 보지 못한다."

잡담(雜談)의 효능

　기업체는 물론이겠지만 병원 경영진을 포함하여 의료
계 곳곳에도 '회의주의자'가 많다. 끊임없는 의심을 통해
과학을 발전시킨 분들처럼 유익한 종류의 회의주의자가
아니라, 어떤 문제가 발생할 때마다 그저 "우리 다 같이
일단 회의를 통해 중지를 모아봅시다"라는 식의 '회의(會
議)' 만능론자들 말이다. 조직 내에 온갖 '위원회', 'TFT',
'협의회' 등등이 넘쳐나고 '검토 중', '고려 중'이란 말이 유
행어가 된 게 이들이 이룩한 큰 업적이다.

　책임회피가 주목적인 회의에서는 오가는 대화가 건조
하고 조심스러울 수밖에 없다. 지루하게 시간을 끌어도

그 결론이 어떤 근본적인 변화를 끌어내기에 역부족일 때가 많다. 특히 몇몇 '빅 마우스'들만이 열변을 토하는 회의일수록 나머지 참석자들은 더욱 본심을 드러내지 않고 냉소적 태도로 일관하는 경향을 보인다. '혁신'은 고사하고 '구태'와 '적폐'가 사라지지 않는 이유가 어쩌면 우리의 잘못된 회의문화에 있지 않나 의심하게 되는 이유다. 기껏 회의는 하는데 소통이 없으니 말이다.

예전에 휴게실로 쓰였던 우리 병원 의사연구실 맨 끝 방은 바둑판이 몇 개 놓여 있어서 한동안 병원 내 기원(棋院) 같은 역할을 했다. 주로 바둑을 좋아하는 의사들이 모였지만 누군가를 급히 찾을 때 그리 달려가면 쉽게 만날 수 있으니 이내 이 사람 저 사람 북적이는 사랑방이 되었다. 바쁜 의사들이 둘러앉아 한가로이 바둑 두고 잡담 나눌 겨를이 어디 있느냐고 그 사랑방을 다소 못마땅한 눈으로 보는 사람도 물론 있었으나 신기하게 그곳이 붐빌수록 거기서 오가는 잡담 속에 환자에 대한 정보 공유도 덩달아 자연스레 일어났다. 비록 일정을 잡아 세미나실에서 개최하는 정식 집담회(conference)처럼 엑스레이 사진이 걸리거나 병리 슬라이드 프레젠테이션이 있지는 않았지만, 환자를 위해 꼭 필요한 이야기들은 매우 우호적인 휴게실 분위기 속에서 쉽게 교환되곤 했었다.

지금은 은퇴하셨지만, 우리 핵의학과에 오래 근무하셨던 시니어 여자 과장님 한 분은 일 년에 한두 차례씩 원내 여의사들을 소집해서 저녁을 사셨다. 분위기가 한창 무르익었을 때 이분이 야심 차게 쏟아놓는 레퍼토리는 예로부터 원자력병원 직원들 간에 있었던 '남녀상열지사'였다. 이 모임에 빠짐없이 참석했던 우리 과 여선생님은, 마치 파마하러 미용실에 갔다가 그곳에 쌓인 여성잡지들을 탐독하여 갑자기 최신 연예가 뉴스에 정통해서 오듯, 거기에 다녀올 때마다 원자력병원 연애사(戀愛史)를 꿰고서 돌아왔다. "우리 병원이 그야말로 사랑이 꽃피는 병원이었네요" 하며 내게도 맛보기로 몇 개 살짝 알려 주는데, 이건 뭔가 은밀한 비밀을 공유함으로써 조직에 대한 충성심이 별안간 커진 새내기 행동대원 같은 분위기였다. 어쩌면 그 시니어 여자 과장님이 노린 게 그런 거였을지 모르겠다.

모여서 즐겁게 바둑 두던 의사 휴게실은 사라졌고, 현란한 말솜씨를 자랑하던 핵의학과 여 선생님도 퇴직하신 지 오래지만, 그런 경험을 통해 잡담의 효능을 이해하게 된 나는 병원장실은 좀 어렵더라도 이제 우리 진단검사의학과의 판독실만큼은 편안하게 잡담이 오가는 사랑방 역할을 하기 기대한다. 판독실 한쪽에서는 우리 과 전문의가 열심히 현미경을 들여다보면서 말초혈액이며 골수 소견에 대한 보고서를 작성하지만 정작 환자에게 가장 필요한 진단 정보나 추가 검사에 대한 권고는 보고서상의 활자나 형식적인 전화 통화에서보다 판독실에 찾아온 주치의와 차를 한 잔 나누며 잡담하는 가운데 훨씬 효과적으로 이뤄지기 때문이다.

다행히 우리 과 전문의들은 커피 마시는 것과 군것질을 대단히 좋아해서 테이블 위에 맛있는 커피와 다양한 간식거리들이 끊일 날이 없다. 한번 판독실에 들렀던 타과 선생님들은 커피를 좋아하는 우리 과 사람들의 취향을 알아차리고 갓 볶은 커피를 곧잘 보낸다. 심지어 에스프레소 머신을 선물한 선생님도 있는데 수시로 찾아와 '바리스타'임을 자처하며 본인이 직접 에스프레소를 뽑아 준다. 차와 간식에 더하여 유명인들의 불륜 스토리같이 자극적인 이야기 수집이 취미인 우리 과 선생님도 있으니 잡담을 위한 만반의 준비는 다 되어 있는 셈이다.

나는 요즘 부쩍 병원장실에서보다 우리 과 판독실에서 사람을 만나는 시간이 많아졌다. 왠지 핵심 용건만 간략히 이야기하고 곧바로 나가버려야 할 것 같은 딱딱한 분위기의 병원장실보다는, 새로 익힌 취미나 맛있는 식당, 혹은 비장의 재테크 이야기까지, 맥락도 없고 중요한 내용도 없으며 정리도 잘 안 되는 잡다한 이야기들을 거리낌 없이 털어놓고 싶어지는 우리 과 판독실에서 업무용 대화를 나누는 게 때때로 훨씬 유익함을 깨닫기 때문이다. 별 다방, 콩 다방과 어깨를 견줄만한 판독실 카페, 곧 '판' 다방이라고나 할까.

일본 메이지 대학의 사이토 다카시 교수가 쓴 <잡담이 능력이다>라는 책이 있다. 그는 잡담을 '상대와의 거리를 좁혀 분위기를 띄우는 힘'이라고 말한다. 잡담은 본래 알맹이가 없는 이야기, 그러니까 용건이 없는 대화로서 굳이 뭔가 결론을 내릴 필요가 없단다. 같은 장소에 있는 사람들과 분위기를 공유하기 위해 잡담이 존재하며 말솜씨가 좋은 것과는 다르다고 한다. 한 마디로 '잡담은 대화가 아니라 커뮤니케이션'이란 그의 말에 고개가 끄덕여진다.

조직의 실패를 줄이는 의사결정의 전제는 구성원 간의 충분한 소통이다. 그것을 위해 우리는 '회의'라는 행위를 한다. 하지만 역설적으로 회의 시간에 오히려 커뮤니케이션의 부재를 경험한다. 이 역설을 깨기 위해 '잡담'이 필요하다. 평소에 좀 더 활발하게 알맹이 없는 이야기를 하자는 거다. 그러면서 서로 자연스럽게 분위기 파악을 하는 것이고. '배달의 민족'이란 앱을 운영하는 '우아한 형제들'의 사훈에 이런 구절이 나온다. '잡담을 많이 나누는 것이 경쟁력이다.' 단 1초의 시간 낭비도 용납하지 않을 것 같은 배달 업체가 잡담을 낭비가 아닌 경쟁력으로 보고 있다니. 엄숙주의가 만연한 병원도 거기서 배울 점이 있지 않겠는가.

"암이란다. 이런 젠장"

서른 살의 잘생긴 우체부가 자전거를 타고 가다가 갑자기 시야가 흐릿해지면서 넘어진다. 병원에 가서 진찰을 받아보니 뇌종양이라고 한다. 그것도 남은 시간이 불과 얼마 안 된다는 말기 암이었다. 망연자실한 그의 앞에 자기와 얼굴이 똑같이 생긴 의문의 남자가 나타나 바로 다음 날이면 그가 죽을 것이란 말을 한다. 이 의문의 남자는 자신을 악마라 불러도 좋다면서 생명을 연장할 수 있는 기이한 방법을 일러준다. 자기가 세상에서 뭔가를 하나 없애버릴 텐데 그걸 견디면 하루의 삶을 더 얻을 수 있다는 것. 그의 말대로 다음 날 세상에서 별안간 전화가 사라지고 우체부 청년의 삶은 하루 연장된다. 그다음 날은 영화가 없어지고, 그다음 날은 시계가 없어지며, 그다음 날은 세상의 모든 고양이가 사라질 위험에 처한다.

<세상에서 고양이가 사라진다면>이란 2016년 일본 영화 이야기다. 암 진단을 받는 초반부가 워낙 급작스러워서 처음엔 주인공의 슬픔에 공감이 잘 안 됐다. 하지만 전화가 없어지니 한 통의 잘못 걸린 전화에서 시작된 첫사랑의 추억이 사라지고, 영화가 없어지니 영화 같은 삶을 동경하며 절친과 매일 나누던 대화가 끊어지고, 시계가 없어지니 아버지가 운영하던 시계점이 종적을 감추면서 자신이 간직해 왔던 기억들이 송두리째 흔들린다는 영화의 기둥 줄거리는 우리가 지금껏 살면서 당연하다 생각했던 것들이 실제로는 얼마나 소중한 것들이었나 돌아보게 해준다. 존재가 사라지고 나서야 마침내 그 가치를 깨닫는 어리석음을 우린 얼마나 반복하면서 살아가는지.

현대의학이 눈부시게 발전했다지만, 역설적으로 주변에서 암이란 질병을 경험하는 사람들은 크게 늘고 있다. 조기진단이 점점 더 활발히 이루어지는 한편, 적극적 치료를 통해 암 생존율 또한 매우 높아지고 있기 때문이다.

최근의 기대수명이라는 83세까지 살게 될 때 암에 걸릴 확률은 37%가 넘고, 암에 걸려도 5년 이상 생존할 확률이 70%까지 이른다고 한다. 다만 통계는 통계일 뿐, 그 숫자가 남이 아닌 내게 적용될 때도 담담하게 동요 없이 말할 수 있는 사람이 얼마나 될까. 설령 생존 가능성이 99%라 하더라도 나머지 1%라는 수치가 마음을 무겁게 짓누르는 게 암 진단을 받는 당사자들이 겪게 되는 두려움이다.

나는 한때 주변 사람들에게 우리 병원의 몇몇 환자들이 느끼는 상대적 안도감을 가끔 이야기한 적이 있다. 세상에서 본인이 가장 심각한 암에 걸렸다고 생각되어 우울하고 괴로웠는데, 막상 원자력병원에 와보니 병동에 훨씬 더 중한 암 환자들이 많은 걸 보고 다시 용기를 내어 투병 의지를 다졌다는 일부 환자의 말을 과장되게 전한 것이다. 우리 의료진이 중증도 높은 암 환자 진료 경험이 많다는 점을 은근히 강조하려는 의도였지만 돌이켜보면 매우 경솔한 발언이었다. 암 진단을 받은 분들에게 치료 기간 내내 시도 때도 없이 찾아오는 고통과 공포의 크기는 의학적 병기(病期)에 반드시 비례하지 않는다는 것을,

최근 연이어 암 통보를 받은 사랑하는 우리 일가친지들을 보면서 뒤늦게 깨닫기 때문이다.

미리엄 엥겔버그는 마흔세 살이던 2001년에 유방암 진단을 받았다. 비영리기관 웹사이트에 카툰을 이따금 그려 올렸던 경력을 살려 그녀는 암 진단을 받은 뒤 암과 함께 살아가는 자신의 일상을 만화로 표현하기 시작했다. 삶의 진실은 무겁고 심각하고 고상한 데 있는 게 아니라 한없는 가벼움에 있을지 모른다고 생각했기에, 자신에게 닥친 불행을 최대한 낙천적이고 사소하게 묘사하고 싶어 만화라는 형식을 택했나 보다. 그 만화들은 나중에 책으로 만들어져 '암은 나를 훨씬 얄팍한 사람으로 만들었다(cancer made me a shallower person)'란 제목으로 출간됐다. 국내에서는 암을 통보받았을 때 그녀가 보였던 첫 반응, "암이란다. 이런 젠장"을 한국어판의 제목으로 택했다.

미리엄의 그림은 매우 단순하고 어떻게 보면 좀 성의 없는 펜 놀림 같기도 하다. 하지만 담담한 어투로 이어가는 이야기들, 즉 항암치료 후 여러 색깔의 가발을 고르는 일, 꺼져버린 욕망을 되살려 보고자 성인용 비디오 가게를 찾는 일, 형식적인 위로나 일방적인 전도를 일삼는 사람들을 슬그머니 비판하는 일 등등은 그 사소함과 침착함으로 인해 오히려 독자들의 마음이 더 아려온다. 투병 6년째인 2006년 미리엄은 유방암 전이로 인해 마침내 사랑하는 남편과 아들과 영원한 이별을 하고야 만다. 차라리 "암이라니, 젠장" 하고 나서 격정적 분노가 폭발하거나 통곡이 터져 나왔으면 덜 안타까웠을 것을.

가까운 이들의 암 진단 소식은 내게 충격으로 다가왔다. 전이된 췌장암처럼 극도로 예후가 좋지 않은 암은 물론이고 유방암이나 갑상선암과 같이 진행이 느리고 치료 성적이 양호하다고 알려진 암들에서조차 당사자들은 순간순간 어른거리는 죽음의 그림자로 인해 예외 없이 힘겨워하는 것을 본다. 희망의 상실, 관계의 실종, 마침내 존재의 소멸. 그 가공할 악몽 앞에 형식적인 위로의 말은 설 자리가 없음을 깨닫는다. 항암치료를 받는 딸에게 눈물을 참으며 가발을 사다 주는 엄마, 숫자가 빼곡한 검사 결과지에서 하나라도 긍정적인 걸 찾아내려 들여다보고 또 들여다보는 남편, 그리고 그 병을 가장 잘 치료하는 의사가 누군지 찾기 위해 온종일 인터넷을 뒤지는 가족들.

나는 그분들에게 섣부른 낙관의 메시지는 전하지 못하겠다. 그저 시간이 흐르다가 혹시라도 어느 날 극한의 상황에 도달한다면, <세상에서 고양이가 사라진다면>의 마지막 장면에 흐르는 독백을 함께 나누고 싶을 뿐.

"이루지 못한 꿈과 생각, 사는 동안 못했던 일, 남겨둔 일. 분명 수많은 후회가 남을 겁니다. 하지만 내가 있던 세상과 내가 사라진 세상은 분명 다르리라 믿고 싶어요. 정말 작은 차이일지도 모르지만, 그것이야말로 내가 살아온 증거니까요. 몸부림치고 고민하며 살아온 증거니까요."

그곳에서 별을 보다

이 세상에 디지털 문명이 급속도로 전파되기 시작하자 사람들은 저마다의 일상에서 접하는 신문물에 탄성을 질렀다. 학생들은 두꺼운 영어사전 대신 예쁘고 편리한 전자사전에 환호했고 음악 애호가들은 카세트테이프나 LP판보다 월등히 뛰어난 음질과 휴대성을 지닌 MP3 음원에 열광했다. 학회 때마다 교수님들이 발표할 청색 슬라이드 사전 제작에 온 신경이 곤두섰던 이 땅의 조교와 레지던트들에게는 마지막 순간까지 초치기 수정이 가능한 파워포인트의 등장이 '복음'이었다. 그러다 마침내 우리 일상 속 거대한 디지털의 파도가 밀려간 곳은 책을 만드는 출판 시장. 나는 종이로 된 책이 어쩌면 우리 곁에서 영영 사라질지도 모르겠단 생각을 했다.

아마존에서 '킨들'이란 이름이 붙은 최초의 'e북 리더기'를 세상에 내놓은 게 2007년이다. 첫 버전은 물론, 업그레이드될 때마다 몇 차례 킨들을 구입했던 나는 지금은 그 편이성으로 인해 스마트폰이나 태블릿 PC에도 다수의 전자책들을 내려받아 놓고 있다. 그런데 신기한 일은 하릴없이 쪼그라들 줄로만 알았던 종이책 시장이 킨들 탄생 10년째인 2017년에 전년보다 7% 이상 커졌고 전자책은 17% 이상 감소했다는 보도가 영국과 미국에서 나온 것이다. e북 리더기의 판매량 역시 2011년을 정점으로 서서히 내리막을 걷는다고 한다.

기본 형태에 큰 차이가 없이 수천 년을 면면히 이어 온 종이책의 생명력이 기어이 첨단 전자책의 공격을 뿌리치고 있는 형국이라 그 비결이 뭔지 궁금해진다. 아마도 만지고, 냄새 맡고, 책장을 접거나 예쁜 북마크를 끼워 넣고, 정성껏 포장해서 선물도 하고, 그렇게 감각과 감정이 개입된 추억들이 종이책에 차곡차곡 쌓여있는 게 큰 이유 아닐까. 차가운 전자책으론 어림도 없는 일일 테니 말이다.

아쉬운 점은 종이책이 모처럼 잡은, 디지털에 대한 아날로그의 승기를 사보(私報)라 불리는 소책자들은 이어가고 있지 못한다는 것이다.

내가 원자력병원에 입사했던 20세기 말, 우리 기관에도 사보라는 게 있었다. 작은 신문 형태로 흑백 사진과 함께 임직원들 동정을 엮어 띄엄띄엄 한 번씩 발간하는 것이었다. 사보라 하기엔 좀 빈약해서 내가 편집인을 맡아보겠다고 자청했다. 당장 신문 스타일에서 소책자 형태로 겉모양부터 바꾸었는데 예산이 별로 없으니 표지를 어떻게 장식할지가 막막했다. 할 수 없이 표지 사진으로 쓰기 위해 이비인후과 동기와 카메라를 들고 병원 곳곳을 직접 촬영하고 다녔다. 그러다 아예 병원 전경을 찍으면 괜찮겠다는 생각이 들어 길도 없는 앞동산에 억지로 올라가 셔터를 누르다 그 친구가 미끄러져 하마터면 크게 다칠 뻔했던 기억이 난다.

어쨌든 시간이 지나면서 우리 사보 팀원들은 하나둘 보강이 되었고 표지엔 직원들의 어린 자녀들 사진을 올려보자는 아이디어가 나왔다. 직원 가족들을 외부 스튜디오에 불러 전문기사가 멋진 가족사진도 찍어주고 천진

난만한 표정을 짓는 아이들 사진은 따로 사보 표지에 올리니까 여러모로 반응이 좋았다. 마침내 당시 초등학교에 갓 입학했던 우리 집 아들딸 쌍둥이들에게까지 차례가 돌아왔다. 스튜디오에서 소품을 들고 장난치며 즐거워하던 가족들, 함박웃음이 피어난 가족사진, 그리고 사랑스러운 포즈로 우리 사보의 얼굴을 장식한 대견스러운 두 녀석들. 내게 사보 제작의 경험은 그렇게 행복한 추억으로 남아있다.

이제 종이로 된 사보는 없어졌고 그 자리를 소위 '웹진'이라 불리는 인터넷 홍보물이 차지했다. 웹진을 통해 디지털의 화려함과 편리함이야 실컷 누리고 있지만 예전처럼 종이 사보에서 배어나던 사람들의 온기를 느낄 수 없어 좀 서운하다. 물론 종이 사보의 실종을 아쉬워하던 마음도 시간이 지나니까 많이 사그라졌었는데, 얼마 전 책장을 정리하다가 우연히 옛 사보 몇 권을 발견한 순간, 마치 소다를 투척한 달고나처럼 아날로그에 대한 그리움이 와락 일었다. 그 사보 한 권에서 어린 날의 우리 집 아이들이 해맑게 웃고 있었다.

아이들이 표지 모델이었던 옛날 우리 사보에는 <별처럼>이란 제목이 붙어있었다. 서울대학교병원의 오래된 사보명인 <함춘시계탑>이나 과거 어머니들이 열독하시던 아모레 화장품의 사보 <향장>처럼 우리도 뭔가 특징적인 이름을 지어보자고 아이디어를 모은 끝에 탄생했던 제목이었다. 본래 '대한민국 방사선의학의 별이 되겠습니다'라는 의미를 담은 네이밍이었으니, 여기서 말하는 '별'은 근래에 정치권에서 화제가 되었던 슈테판 츠바이크의 '별의 순간'과 비슷한 뜻이다. '최고의 순간', '절정의 순간'을 우리가 만들고 싶다는 소망이자 결의라고 할까.

장성한 자녀들의 어린 시절 모습을 뜻밖에도 먼지 쌓인 옛 사보 <별처럼>에서 접했을 때 나는 그 명칭의 유래를 잘 알면서도 <별처럼>의 '별'이 색다른 의미로 다가왔다. 그것은 바로 뤼브롱 산에서 양들을 치다가 우연한 기회에 주인집 아가씨 스테파네트와 밤하늘을 바라보며 별자리 이야기를 나누던 양치기의 별이었다. 가만히 이야기를 듣다가 양치기의 어깨에 부드러운 머릿결을 기대며 잠이 든 스테파네트. 중고등학교 교과서에 실렸던 알퐁스 도데의 단편소설 <별>의 잊지 못할 마지막 장면에서 양치기는 그때의 추억에 잠겨 이렇게 읊조린다.

"가끔 나는 저 숱한 별들 가운데서 가장 아름답고 가장 빛나는 별님 하나가 그만 길을 잃고 내 어깨에 내려앉아 고이 잠들어 있는 것이라고 상상하고 있었습니다."

19세기 프로방스 지방의 어느 산속에서 그랬던 것 같이, '별처럼' 아름다운 존재가 어느 날 불쑥 나의 소중한 가족으로 찾아왔다. 마찬가지로 '별처럼' 빛나는 존재가 어느 날 내 친구가 되었고 나의 직장 동료가 되었다. 숱한 별들 가운데 가장 아름답고 가장 빛나는 별들이 내가 사랑하는 가족과 벗이 되었다는 게 얼마나 큰 축복이고 감사한 일인지. 그렇게 나는 우리 옛 사보 <별처럼>에서 별 같았던 아이들을 발견했고, 그 시야가 조금 넓어지면서 밤하늘에 '별처럼' 반짝거리는 우리 회사 동료들과 직원들의 얼굴을 보았다. 이제는 원자력병원으로 향하는 공릉역 2번 출구에서부터 사랑스럽게 빛나는 별을 보게 되니 이 또한 0과 1로 딱딱 끊어지지 않고 자연스레 주르르 연결되는 아날로그 감성의 힘이 아니겠는가.

에필로그

여기 실린 마흔한 편의 글 가운데 마흔 편은 서울시의사
회가 발간하는 <의사신문>에 '공릉역 2번 출구'라는 코너
제목 아래 매주 연재했던 칼럼들이고, 첫 번째 글만 서울
의대 동창회보 '동문수필'란에 기고했던 글이다. 처음에
<의사신문> 편집국장님으로부터 원고 요청을 받고 부담
스러워 여러 차례 사양했었는데 어찌어찌 매주 글을 써
나가다 보니 그 시간이 즐거워졌다. 컴퓨터 앞에 앉아 지
난 삶을 차분히 돌아보며 의미 있고 재미있었던 일들을
정리해 볼 기회를 주신 서울시의사회에 감사드린다.

종이 신문이나 인터넷 신문이 독자들에게 신속하게 메
시지를 전달한다는 장점은 있으나 내용이 금세 휘발되어
버리는 것 같은 아쉬움이 있었기에 문득 '책을 한번 엮어봤
으면' 하는 소망이 생겼을 무렵, 도서출판 <가쎄> 대표님
께서 흔쾌히 '램프의 요정' 역할을 해주셨다. 현미경으로

한번 보고 버리면 되는 병원 검사실의 인체 세포 슬라이드를, 특수 염색약과 고정액으로 정성껏 처리하여 두고두고 진단을 재검토하는 영구 표본으로 만든 것 같아 몹시 부담은 되지만 그래도 참 감사한 일이다.

<원더풀 라이프>란 에세이에서 밝혔듯이 난 조지 오웰식 분류에 따르면 '역사적 충동'으로 글을 쓰는 것 같다. 성문종합영어의 송성문 선생은 하잘것없는 책을 또 보태는 건 '죄악'이라 했고 유안진 시인은 '공해'라고 했지만, 그렇게 죄악과 공해의 혐의를 무릅쓰고라도 내가 수십 년 몸담았던 직장의 사람 냄새나는 이야기들을 기록으로, 그것도 보존이 좀 더 용이한 형태의 기록으로 남겨보고자 하는 욕망이 컸다.

코로나로 암울한 시기에 병원장을 맡아, 요즘은 바이러스를 막아내고 또 코로나가 망가뜨린 것들을 바로잡고

하는 일에 온통 시간을 다 쓰고 있다. 함께 고생하는 병원 동료들과 그보다 더 힘들어하는 우리 국민들이 잠깐잠깐 들춰보다가 슬며시 미소라도 지을 수 있는 책이 된다면 더 바랄 나위가 없겠다. 역사를 기록하는 의미에 덧붙여, 잠시라도 휴식과 위안을 줄 수 있는 책이 된다면 말이다.

2021년이 저물어 가는 무렵, 공릉동에서
홍 영 준